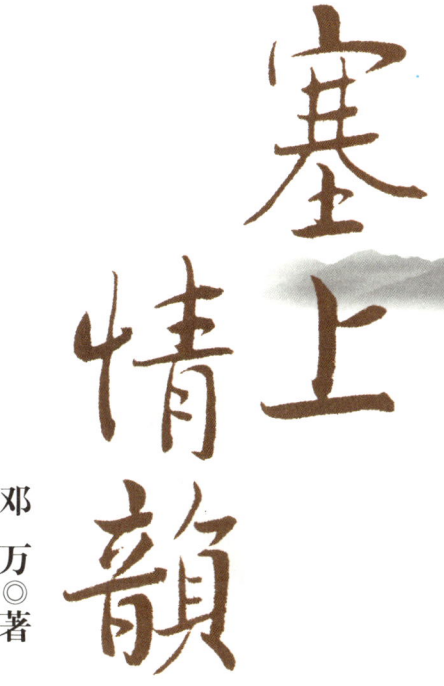

塞上情韵

邓 万 ◎ 著

黄河出版传媒集团
宁夏人民出版社

图书在版编目（CIP）数据

塞上情韵／邓万著．—银川：宁夏人民出版社，2015.2

ISBN 978-7-227-05990-5

Ⅰ.①塞… Ⅱ.①邓… Ⅲ.①诗词—作品集—中国—当代②对联—作品集—中国—当代 Ⅳ.①I217.2

中国版本图书馆CIP数据核字（2015）第042414号

塞上情韵 邓 万 著

责任编辑	李秀琴　管世献
封面设计	石　磊
责任印制	肖　艳

黄河出版传媒集团
宁夏人民出版社　出版发行

地　　址	银川市北京东路139号出版大厦（750001）
网　　址	www.yrpubm.com
网上书店	www.hh-book.com
电子信箱	renminshe@yrpubm.com
邮购电话	0951-5052104
经　　销	全国新华书店
印刷装订	宁夏精捷彩色印务有限公司
印刷委托书号	（宁）0016798

开　　本	720 mm×980 mm　1/16
印　　张	13
字　　数	120千字
印　　数	1600册
版　　次	2015年2月第1版
印　　次	2015年2月第1次印刷
书　　号	ISBN 978-7-227-05990-5/Ⅰ·1493
定　　价	26.00元

版权所有　翻印必究

邓万 男,汉族,生于1942年5月,宁夏永宁县李俊镇人。1966年毕业于宁夏大学汉语言文学系。1972年加入中国共产党。曾任宁夏回族自治区党委宣传部副部长、《宁夏日报》总编辑,宁夏新闻工作者协会第五届理事会主席,宁夏诗词学会第三届理事会会长(第四、第五届名誉会长),自治区党委第七届纪律检查委员会委员,自治区党委八届委员会委员,自治区政协第七届常委,自治区政协第八届常委、教科文卫体委员会主任,中华诗词学会会员,宁夏书法家协会会员。出版诗集《履痕韵语》《塞上情韵》。诗词在区内外多家诗词刊物和报纸上发表过,一些在区内外获奖。

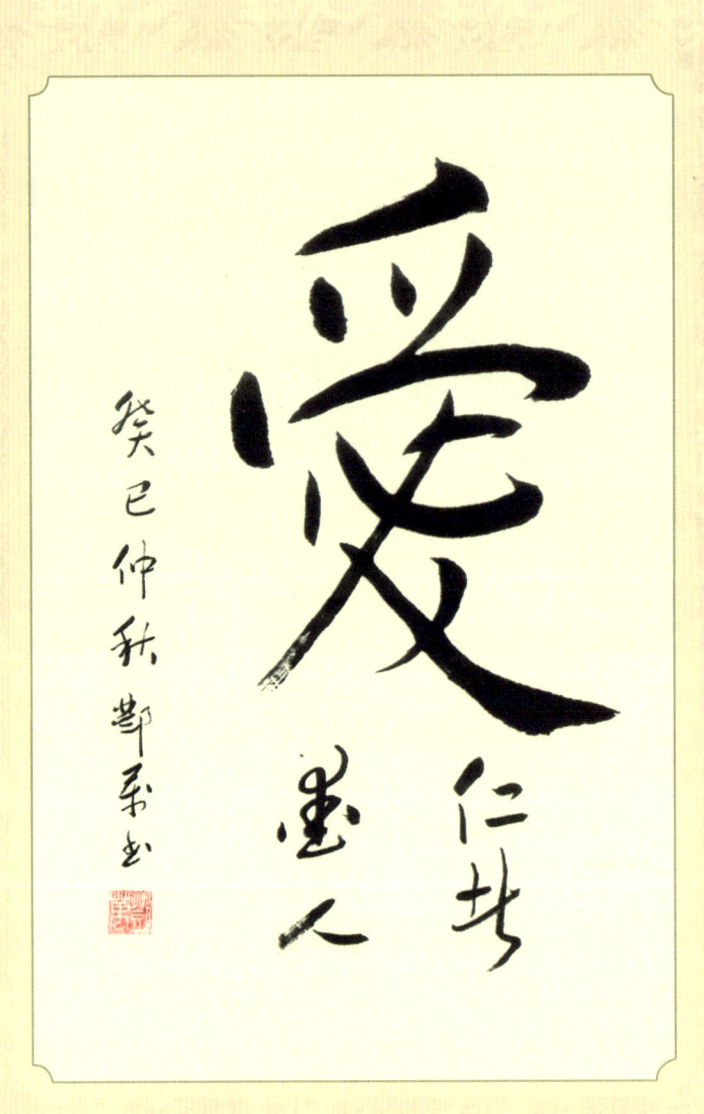

善荣缘

甲午冬月邓蔫書

醇和

坦懷

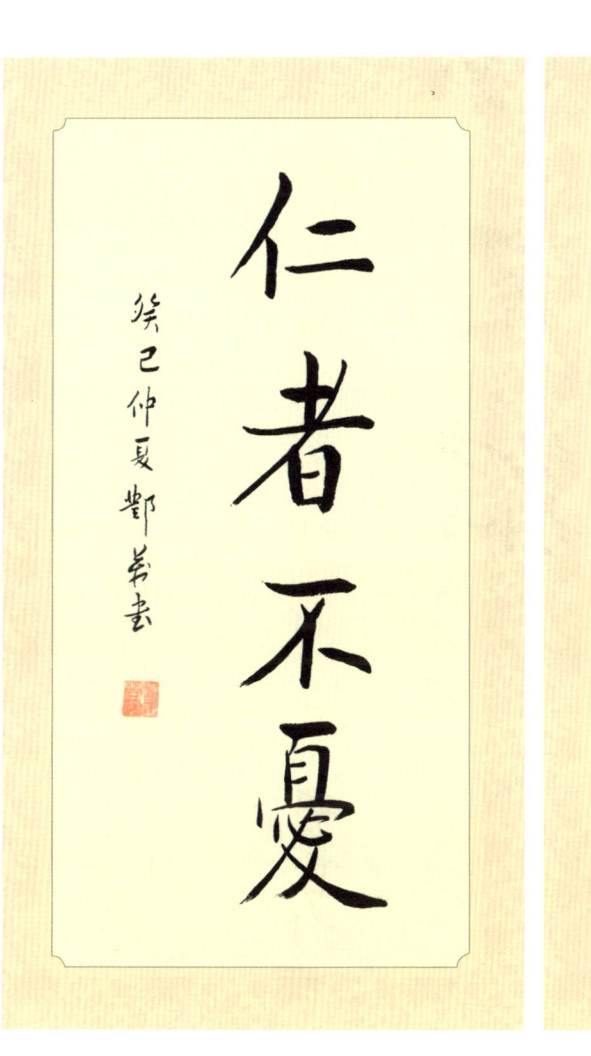

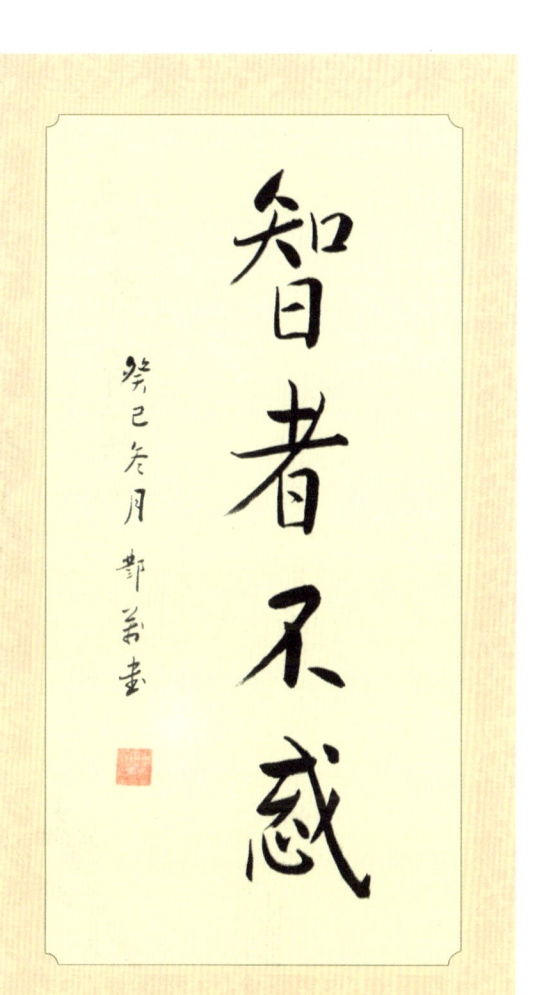

德不孤

癸巳鄧榮書

雲清存正

鄧榮

美意延年
鄧箫

揮翰風池
癸巳夏月鄧箫書

情係黃河水
意驕寧夏川

甲午秋月鄧英樑書

欲速則不達

錄孔子語 鄧萬

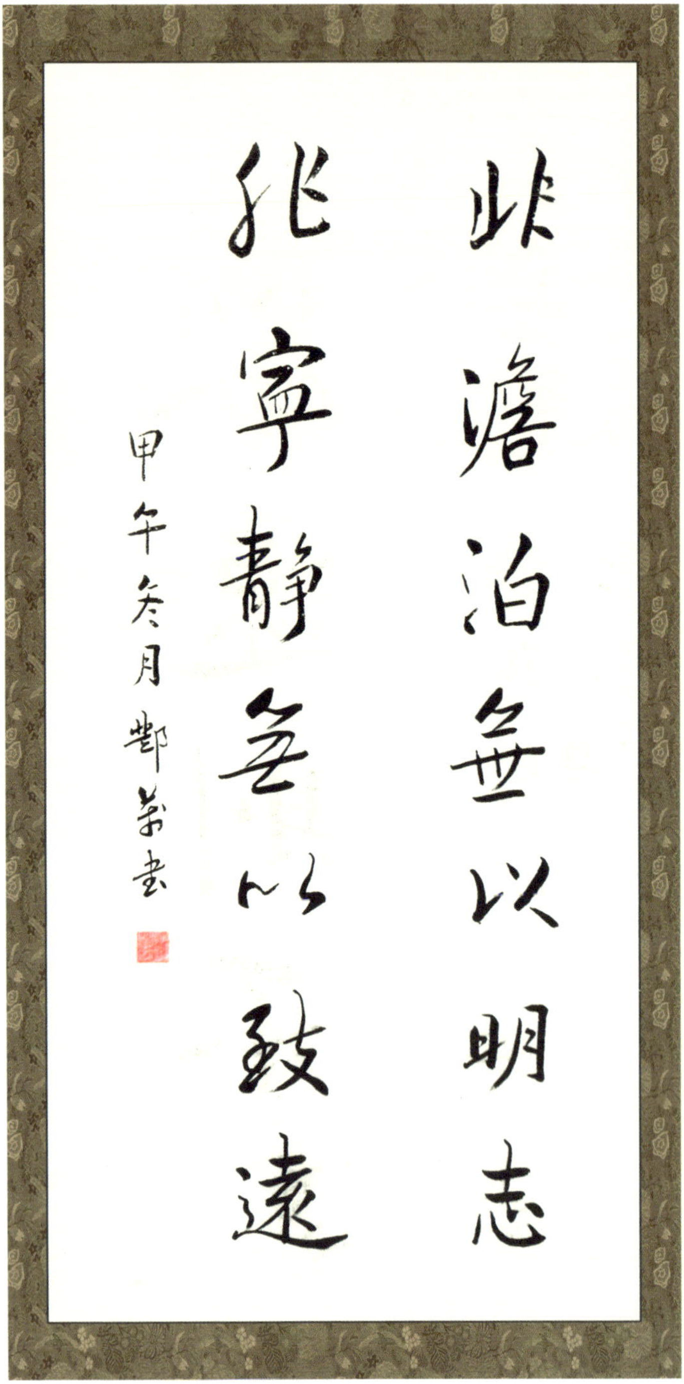

非淡泊無以明志
非寧靜無以致遠

甲午冬月鄧榮書

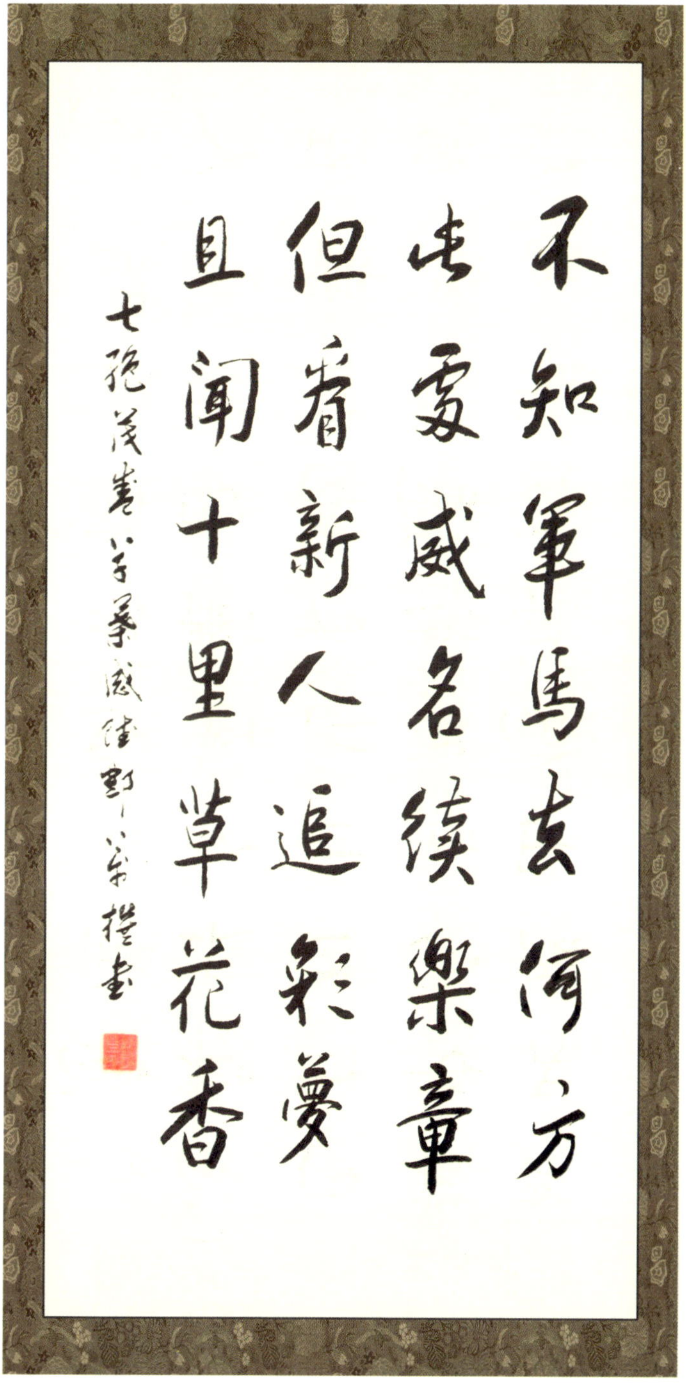

不知軍馬去何方
走要威名續樂章
但看新人追彩夢
且聞十里草花香

七絕茂堂辛巳感律野榮撰書

結廬在人境,而無車馬喧。問君何能爾,心遠地自偏。採菊東籬下,悠然見南山。山氣日夕佳,飛鳥相與還。此中有真意,欲辨已忘言。

陶淵明詩飲酒

结言端秀 意气骏爽
——邓万《塞上情韵》序

李增林

2010年5月,邓万的首本诗集《履痕韵语》出版。之前,他请我写序。我仔细阅读了他的二百多首诗词,花了四个多月时间,写了《吐纳英华,莫非性情——读邓万〈履痕韵语〉有感之一》和《抚时感事,博而能——读邓万〈履痕韵语〉有感之二》。序言篇幅较大,愈万字。由于我在分析邓万诗词的同时,结合当前诗词作品的现状,阐述了我对传统诗词创作的看法和意见,因而在同行中产生了一定反响,得到了绝大多数诗人的赞同。

我在《履痕韵语》中"预祝邓万的创作,在越岭攀峰的历程中不断取得更大的成就"。现在他的第二本诗集《塞上情韵》即将付梓,甚感欣慰,予以祝贺!

邓万是我上世纪六十年代大学执教时的学生。在半个世纪的交往中,我深知他是一个端方执着之人。诗如其人,他的这种性格也体现在他的诗作中。《履痕韵语》中有许多是古风,加之在工作岗位上繁忙,无暇深思细究,虽醇厚、朴素,但精雕不够,略显粗糙;后一部分是作者退居二线和退休后写的,有了明显提高。《塞上情韵》是2010年以来作者完全退休后的作品,诗词全部是按照传统格律要求写的。我在《履痕韵语》的序言中,认为邓万"诗的总体风格和雅浑厚,词的风格是婉丽隽永"。在《塞上情韵》中,这一风格得到进一步发展,表现得更为鲜明。因而,就整体而言,我认为后著比前著有较大进步,体现了作者在诗词创作中的不懈追求和新的成绩。

与《履痕韵语》比较,我认为《塞上情韵》以下几点更为突出:

第一,思虑更为集中,情感更为浓烈。

《履痕韵语》的作品时间跨度15年,且很大一部分是作者在区外和国外参观考察所作。而《塞上情韵》是近5年的作品,且基本上是在宁夏的所思所想。诗人生在宁夏,长在宁夏,工作在宁夏,熟悉宁夏的风土人情,热爱宁夏的山川草木,对家乡的深情厚谊是诗人的创作源泉和动力,也使作品的意象和情致更加感人。这本诗集冠名为《塞上情韵》,是因为诗人较为集中地抒发了对家乡——宁夏特有的情怀。诗人专门写了一首《家乡吟》:

黄河意遂宁夏川,泽惠膏腴遍翠烟。
元昊称雄堪饮马,大唐中盛始扬鞭。
千峰永记三军越,万壑常流四海钱。
又见湖城花满院,春光不吝绘婵娟。

诗人选择宁夏具有典型意义的历史事件和自然风貌作为意象,高度概括了宁夏的过去和现在,赋予宁夏耀眼的光环,倾注了诗人对家乡的无限情感和美好期盼。在《望江南》词中,诗人一气填了五首,尽情地赞美了宁夏的山川,似乎不吐不快。

在《塞上情韵》中,有多首赞美塞上的诗。如:《黄河善谷》、《吴忠气象》、《盐池新貌》、《新固原》、《中卫城新区》、《黄河金岸》、《黄河金岸感怀》、《红寺堡讴歌》、《平罗行吟》、《青铜峡鸟岛》、《塞外香大米》、《宁夏农垦茂盛草业感赋》、《贺兰晴雪》、《黄河情怀》、《沙湖春色》等。诗人撷取家乡改革开放以来新形势、新变化、新成就最美的意象,尽情地讴歌,表达对家乡的深厚感情。

第二,吐纳愈加深沉,抚时愈加寄情。

《塞上情韵》是诗人创作历程中的一个新台阶。诗人退休后有充裕的时间构思和提炼,且每年创作的也不多,不仅赋、比、兴的手法大有提高,而且在主题的深化、意象的构设和字句的精确方面都下了功夫。

读书、看报是人皆有之的寻常事,但在诗人《读书》、《看报》的五律中,未有书、报二字,却把书籍和报纸的性质、作用以及诗人对书报的情感酣畅淋漓地表达了出来,可见诗人的用心。

春雪是诗词中的常见题材,多用来抒发伤怀、幽怨、清冷、高洁的情愫。而邓万的《春雪》洋溢着欢喜若狂的情怀:

高天恩厚地铺棉,万树新装过大年。
似见苗肥仓廪满,犹听民众肺心言。
尘埃除却花增色,虫蠹消亡草润颜。
且看春风剪刀快,山川染绿一瞬间。

因为这是午马年立春日银川下的入冬以来的第一场雪,人们倍感欢欣,期盼着瑞雪带来的希望。诗人的心情和民众的情怀完全融合在一起。尤其是尾联,借用唐人贺知章《咏柳》诗"不知细叶谁裁出,二月春风似剪刀"句,含蓄而又意味深长地彰显了人们的喜悦之情。这早春之雪,不仅能迅速染绿山川,预兆丰年,而且,"尘埃除却"、"虫蠹消亡",则寓意铲除污秽恶毒,让社会洁净清明,似花艳草润。这就不落只从自然景色的角度写春雪的窠臼,赋予了春雪更深的含义。

与《春雪》不同,《春殇》写的是春天的沙尘暴:

雾霾肆虐又扬沙,已到春深未见花。
剪叶风刀何所在?知时好雨亦难发。
神舟能有观天眼,玉宇岂无收蜮匣。
莫怨天公少情义,人间正道方卫家。

两首诗相比,诗人的情感截然不同。前首欣喜,后首忧郁。都不仅写景,重在抒发对社会现实的感怀。不管是哪种心情,诗人都对前景充满了信心和豪情。

凡是抚时感事的作品,诗人都不是就事论事,而是以物托情,托物言志,寄情于山水之间,托物于思虑之怀。《毒胶囊》、《松树赞》、《注水博士》、《元旦感赋》《雨后》等,都是这种手法。

第三,关注民生更加动情,讴歌民众更加高亢。

关注民生,反映普通民众的生活,讴歌真善美,鞭打假恶丑,是对诗人和作家社会责任和道德良知的要求,古今中外,概莫能外。诗歌和诗人的特质,使诗歌特别是传统诗歌(古体诗和近代诗),把诗人的情感高度凝练在有限的文字里,因而震聋发聩,意味隽永。尤其是在关注民生方面,前人给我们留下了许许多多脍炙人口、震撼心灵的佳句名篇,是我们学习的榜样和永远的追求。凡是与黎民百姓有同样经历、对苦难有切肤之感的诗人,这方面的诗词也最感人,历久不衰。诗圣杜甫就是伟大的代表。邓万作为诗人,作为农民的儿子,经受过生活的苦难,自然与社会底层民众有着相通的情感和为他们呐喊的强烈欲望。在《塞上情韵》中,这方面的诗显得情有所衷、情不自禁,如《雅安地震悲怀》《玉树地震致哀》《高考见闻》、《盼雨》、《时雨》、《慈善》、《捐款》、《风气》等。如《咏环卫工人》(其一):

秋深叶落地铺黄,环卫工人夜半忙。
一帚能除满城秽,全心何惧朔风狂。
忽闻殒命车轮下,欲忍伤怀泪线长。
宫阙也知世间事,玉龙飞甲洁魂芳。

诗人的平民情怀，在这首诗中表现得十分突出。首联和含联是对环卫工人敬业精神的高度赞扬，颈联和尾联对环卫工人的不幸寄予了无限的悲痛和哀思，末句更是把环卫工人的情怀升华到感天动地、令人唏嘘不已的地步。纵观邓万的诗词，在反映民间呼声方面用情较深，是符合他的人生轨迹和思想特征的。

第四，鞭打邪恶更为犀利，赞扬正义更为鲜明。

在具有人民性的诗词中，鞭打邪恶和赞扬正义是一个问题的两个方面，总是相辅相成，表现诗人同情弱者，憎恨强权，呼唤良知，期盼政治清明、社会和谐的理念。邓万的诗词也是这样。如《毒胶囊》：

世间最毒是阴招，仙药谁知胜似刀。
助阵明星轻毁誉，兴灾鬼域重捞钞。
人心有欲当存善，天理无形但识妖。
不信神州少包拯，开封府里铡声消。

诗人用赋的手法，直白的词句，淋漓尽致地表达了对为非作歹、祸国殃民行为及社会原因的无比痛恨和无情挞伐，鲜明的爱憎和炽烈的情感跃然纸上。再如《注水博士》：

天欣学历重文凭，地设机关造假星。
注水鸡豚轻取利，插花冠冕易遭评。

能臣未必高门第,瓦釜何曾振玉音。
堪叹世间多秽迹,常期雨后又清风。

与上首相比,虽然都揭露的是社会丑恶现象,但这首更深刻地触及了社会根源,是一个更为复杂的问题,所以没有上句直露,用"常期雨后又清风"含蓄地表达了心愿。此外,《雨评五首》《冬雪》《沙暴肆虐》《玉楼春·春雪》《忆秦娥·闻动车追尾》等诗词中,都忽隐忽显地寄托了诗人的这份情感,甚至发出了"人间奇祸,谁来担责"这样的呐喊。

第五,感恩更加炙热,抒情更加练达。

诗人长期在党的宣传部门工作,虽然退休了,但关心时事仍然是难以割舍的生活内容。况且,国家大事、社会风波、惊天案件,这些涉及国计民生的突出问题,也必然为每一个胸怀国是、俯察民艰的诗人所关注。在《塞上情韵》中,这类诗占有很大分量。

《蝶恋花·六盘山红军长征纪念碑》、《万里风云行色壮——迎接党的十八大》、《银川舰》、《贺"神九"发射成功》、《天宫一号与神八交会对接》、《清平乐·贺首届中阿博览会》等,抒发的是对党和国家的赞扬和感恩之情。尤其是《浪淘沙·贺中国共产党诞辰九十周年》有十首,可看出诗人对党的深厚感情和难以抑制的表达欲望。《悲咏马航客机失联》、《玉树地震致哀》、《雅安地震感怀》、《感于舟曲灾难全国哀悼日》、《悼罗阳》等,抒发的是诗人对广大人民群众不幸遭遇的哀恸和悲伤之情。《满江红·钓鱼岛》《甲午战争一百二十周年祭》，抒发的是诗人对日本侵略者及其野心无比痛恨的爱国之情。《反腐风暴》《风气》抒发的是诗人对治党治国重大举措由衷的赞叹之情。这些诗词，从不同侧面，表达了诗人对忠贞、善恶、是非、爱憎的情操和意志。诗言志，必有所感而发，发必由心。诗人正是这样做的。

　　家国之情总是一脉相连的。在《塞上情韵》中，有几首写诗人与父母、兄弟、子女感情的诗词。由于这是诗人的切身感受，情真意切，沉郁浑厚，更为感人。

　　邓万的诗词创作，无论在思想内容的深度上，还是艺术手法的锤炼上，确实有了明显的进步，取得了新的成绩。我祝贺他的进步和成就，并再次预祝他在继续越岭攀峰的历程中取得新的更大的成绩，有更多的精品问世，使自己诗词的风格更加鲜明，产生更大的影响。

2014年11月于贺兰山麓溪原居

　　李增林(1935~)，著名学者，教授，中国少数民族比较文学研究会副会长，宁夏文学学会会长，国家民委学术委员会委员，西北第二民族学院(北方民族大学前身)首任校长，宁夏政协第七、第八届副主席，有著作《古代寓言与故事注评》《离骚通解》等问世，担纲教育部规划教材《大学语文新编》主编。

结言端秀　意气骏爽
　　——邓万《塞上情韵》序 / 一

塞上情韵

五　律
读　书 / 三
黄河善谷 / 四
看　报 / 六
中秋感怀 / 七

七　绝
随离退休干部参观考察感赋 / 八
　　重返隆德 / 八
　　六盘山国家森林公园 / 八
　　任山河烈士陵园 / 九
　　盐池南苑新村 / 九
晨　雾 / 一〇
沙尘暴后观赏桃花 / 一一

悼罗阳 / 一二

登华山 / 一三

高考见闻 / 一四

翰墨情 / 一六

贺"神九"发射成功 / 一七

红寺堡讴歌 / 一八

丽江行吟 / 二一

    丽江古城 / 二一

    虎跳峡 / 二一

    狼毒花 / 二二

    普达措公园 / 二二

柳　棉 / 二三

宁夏农垦茂盛草业感赋 / 二四

讴歌地矿人 / 二六

平罗行吟 / 二八

    姚伏东沙湖 / 二八

    田州塔 / 二八

    翰泉海 / 二八

    新区建设 / 二九

    康熙饮马湖广场 / 二九

    接引寺 / 二九

    玉皇阁 / 二九

    俞翰林 / 三〇

    天河湾 / 三〇

    庙庙湖 / 三〇

神华宁煤集团化工基地感赋 / 三一

随　想 / 三三

雅安地震悲怀 / 三四
雨评五首 / 三六
  盼　雨 / 三六
  时　雨 / 三六
  霪　雨 / 三六
  暴　雨 / 三七
  雨　后 / 三七
赞交警 / 三八
赠　友 / 三九
赠李星书先生 / 四〇
六盘山长征纪念碑 / 四一
贺兰晴雪 / 四二
黄河情怀 / 四三
葡萄山庄 / 四四
沙湖春色 / 四五
阅海垂钓 / 四六

七　律

悲咏马航客机失联 / 四七
  惊　闻 / 四七
  搜　救 / 四七
  怅　望 / 四八
参观宁夏科技馆 / 四九
春　殇 / 五〇
春　雪 / 五一
慈　善 / 五二
悼杰出回族女画家曾杏绯 / 五三

悼秦中吟先生 / 五四

冬 雪 / 五五

毒胶囊 / 五六

读王教授回忆录赠之 / 五七

反腐风暴 / 五八

风 气 / 五九

甲午战争一百二十周年祭 / 六〇

勿忘"九一八" / 六一

感于回族教育世家 / 六二

感于舟曲灾难全国哀悼日 / 六三

观菊花展 / 六四

海宝公园落成 / 六五

贺《华夏能源报》创刊四十周年 / 六六

贺老新协二十华诞 / 六七

贺李景杭书法作品展 / 六八

贺宁夏慈善总会成立二十周年 / 六九

贺宁夏诗书画影艺术研究会成立 / 七〇

贺《夏风》创刊二十周年 / 七一

贺尊师李增林先生八十诞辰 / 七二

黄河金岸感怀 / 七三

黄河楼 / 七六

黄河母亲 / 七七

家乡吟 / 七八

捐 款 / 七九

老年健身有感 / 八〇

麦垛山煤矿 / 八一

宁夏石化公司 /八二

　　炼油厂 /八二

　　化肥厂 /八二

望湖边琼楼有感 /八三

青春赞

　　——五四青年节有感 /八四

青铜峡鸟岛 /八五

塞外香大米 /八六

沙暴肆虐 /八七

师生相会 /八八

松树赞 /八九

塔 /九〇

"天宫一号"与"神八"交会对接 /九一

万里风云行色壮

　　——迎接党的十八大 /九二

吴忠气象 /九四

新固原 /九五

学会期刊获奖感怀 /九六

盐池花马池生态水资源综合利用工程

　　/九七

盐池新貌 /九八

银川舰 /九九

咏环卫工人 /一〇〇

雨　后 /一〇一

玉树地震致哀 /一〇二

元旦感赋 /一〇三

赠　师 ／一〇四
　　附荆兆汉老师诗 ／一〇四
　　附郝忠仁老师诗 ／一〇五
赠韩霄星先生 ／一〇六
　　附韩霄星先生诗作二首 ／一〇六
赠韩新法先生 ／一〇八
赠佥金珠先生 ／一〇九
赠柳建荣先生 ／一一〇
赠棋友 ／一一一
赠姻亲李公 ／一一二
中华黄河坛 ／一一三
中卫城新区 ／一一四
注水博士 ／一一五
悼贤亮公 ／一一六
怒　声 ／一一七
重返隆德感怀 ／一一八
张丽莉 ／一一九

词

词二首
　　——悼丁思俭先生 ／一二〇
　　诉衷情 ／一二〇
　　阮郎归 ／一二〇

浪淘沙（十首）
　　——贺中国共产党诞辰九十周年 ／一二一
　　七月火炬 ／一二一

四月腥风／一二一

井冈山会师／一二二

万里长征／一二二

抗日烽火／一二二

解放战争／一二三

开国大典／一二三

粉碎"四人帮"／一二三

三中全会／一二四

改革开放／一二四

满江红·钓鱼岛／一二五

清平乐

　　——贺首届中阿博览会／一二六

望江南／一二七

行香子·公园之声／一二九

忆秦娥·闻动车追尾／一三〇

渔家傲／一三一

玉楼春·春雪／一三二

蝶恋花·六盘山红军长征纪念碑／一三三

亲　情

祭父母／一三七

钗头凤·清明扫墓／一三九

清明祭坟／一四〇

悼亡兄／一四一

贺女儿新婚／一四二

偶　得／一四三

思　念 / 一四四

夜　梦 / 一四五

中秋情 / 一四六

相见欢·团聚 / 一四七

附:忆父母 / 一四八

吟　和

读马启智诗集有感 / 一五九

读项宗西诗集《春色秋光》有感 / 一六〇

读《塞苑流韵》赠剑虹兄 / 一六一

　　附刘剑虹和诗 / 一六一

读《青坪诗草》感赋 / 一六二

读闫云霞女士诗集《沙坡头咏怀》有感
　　/ 一六三

端午情 / 一六四

依韵和王晓农先生 / 一六五

　　附王晓农原诗 / 一六五

赠崔正陵先生 / 一六六

　　附崔正陵诗 / 一六六

恭读邓万先生《履痕韵语》/ 一六七

赠任登全兄 / 一六八

古　风

黄河金岸 / 一六九

赋

力成赋 / 一七二

楹 联

楹　联／一七七

二〇一三年春节对联／一八〇

二〇一四年春节对联／一八二

征　联／一八四

后　记／一八八

塞上情韵

五 律

读 书

无风飘万里,有味储千年。
结识贤良辈,攀援智慧山。
心通同哭笑,意贯总牵连。
一日离君伴,灵台亦惘然。

黄河善谷

　　宁夏回族自治区党委、政府实施黄河善谷战略,吴忠率先实践,已规划了弘德、立德两个慈善工业园区。亘古荒原,鏖战正酣,黎庶泽惠,世人感叹。

其 一

天河降琼液,大漠换新容。
自古风沙虐,而今草木荣。
群楼来意切,众岭去心同。
善谷何辉耀,人神架彩虹。

其 二

山高遮望眼,水阔渡飞船。
世代千番梦,今朝一日圆。
凄风吹大海,苦雨落深潭。
若问身残者,霞光染笑颜。

其 三

阴阳分昼夜,贤愚论胸襟。
一饭垂青史①,千金铸佞臣②。
怀恩思报答,施善莫图闻。
后土虽封事,皇天自鉴人。

其 四

黄河流九曲,善谷起一方。
国运千秋健,心碑万世芳。
吴忠弹丸地,华夏鹏鸟场。
回汉舒心笑,乾坤正气扬。

---

① 韩信穷困饥饿时受漂母赠饭,后为楚王,送千金酬谢,青史传颂。
② 秦桧夫妇以莫须有罪名陷害岳飞,被铸成铁人,跪在岳飞像前谢罪,遭世人唾骂。

看　报

万里风云疾,殷勤送进庭。
当知天下事,即晓比邻情。
冷眼瞧奸宄,热心寻至诚。
出门三五日,恍若失亲朋。

中秋感怀

夜澄蟾宫近,星疏玉兔恬。
思亲逢佳节,望月忆华年。
国赖民心顺,人随法理安。
万家灯火里,欢乐庆团圆。

七 绝

随离退休干部参观考察感赋

辛卯仲夏,中国共产党成立九十周年前夕,有幸参加自治区百名离退休干部赴固原市和盐池县参观考察,感慨良多,诗以志之。

重返隆德①

卅载难寻昔日容,新春着力露峥嵘。
风光绕眼千番过,犹忆故人心语浓。

六盘山国家森林公园

千峰拢翠蔽天穹,溪涧轻歌渡玉龙。
最是清凉成胜地,天骄驻跸总奇雄②。

---

①三十年前笔者曾在该县工作。
②成吉思汗征西夏时曾在此建行宫。

任山河烈士陵园①

身临战地柏森森,烈士英魂佑后人。
黄土一抔碑半尺,三躬勿愧有恩人。

盐池南苑新村②

一片朝霞染绿原,千家梦里入桃源。
春光惬意花枝艳,当是老区红脉传。

---

① 1949年宁夏解放时,有三百多名解放军烈士长眠在这里。
② 该村建成于生态移民工程中,占地2267亩,其中住宅区867亩、养殖园区170亩、设施种植园区503亩、绿化面积727亩。住宅区红顶耀眼,绿树环绕,蔚为大观。

晨 雾

不见霞光大地昏，忽听前路送惊魂。
金风横扫阴霾去，朗月和阳万物亲。

沙尘暴后观赏桃花

春暖桃花遍体沙,游人伫足叹韶华。
"神八"若有连天帚,扫却尘埃乐万家。

悼罗阳

2012年11月25日,我国首款舰载机歼-15在我国第一艘航母辽宁舰成功起降,总指挥罗阳突发心脏病殉职。国务院追认罗阳为"航空工业英模"称号。

其 一

海天飞泪哭罗阳,痛惜金瓯健将殇。
华夏龙泉锋正砺,东瀛鬼域莫猖狂。

其 二

辽宁展翅军威壮,万里挥旌御海疆。
青史伟功常血写,蓝天碧水与君长。

登华山

摩天一柱上华山,放眼秦川万里烟。
仙境纵然无限好,何如盛世在人间。

高考见闻

其 一

暑天流火更心焦,多少人家七魄飘。
学子临场跨壕堑,如云父母墙外瞧。

其 二

时临证件插翅飞,出窍三魂骇浪摧。
天降警车神给力,方知最美在奇危。

其 三

天公有意试人情,雨骤风狂挡考生。
义务私车惊海燕,彩虹今日愈分明。

其 四

头昏脑涨体发烧,场内医生用妙招。
似有芝兰入心窍,堪将怀抱作诗抄。

其 五

唉声笑语两重天,从此人生起万端。
倘若相逢十年后,不知谁在众宾前。

翰墨情

墨海无风笔作澜,胸中似有鹤翩跹。
一生不悔时光过,但信挥毫胜醉仙。

贺"神九"发射成功

嫦娥今日会亲朋,姊妹刘洋碧空逢。
万里长空飞喜泪,传来"神九"到天宫。

红寺堡讴歌

红寺堡是全国最大的生态移民扶贫开发区,历时十年,沧桑巨变。昔日不毛之地,今日绿海翻浪。庚寅胜夏,吾与宁夏诗词学会诸同仁应邀前往采风,甚为感慨,情不自禁,诗以志之。

其 一

千年荒漠翠微绝,谁使神功似梦别。
极目苍穹翻绿浪,心潮激荡对天嗟。

其 二

黄河自古向低流,今日升天过岭头。
染绿荒原千里绣,沧桑梦想瞬间酬。

其　三

星罗沙嶂去如吹，万顷平畴麦浪飞。
十载辛劳谁记取？丰碑丈地日同晖。

其　四

卅万葡萄四海流①，举杯邀月会朋俦。
拔得华夏头筹处②，曾漫蒿莱亘古幽。

其　五

廿万果林披彩霞，苍茫寺堡撒飞花。
品高自有人寻问，陌路何愁进万家。

其　六

十万黄牛住草堂，利民锦策富一方。
古原不见扬鞭者，却喜揽金胜牧场。

---

①红寺堡区正在着力实施"3211"产业工程，即用5年左右实现开发种植30万亩酿酒葡萄、20万亩以红枣为主的经果林和饲养10万头黄牛，营造10万亩设施农业的目标。现有的已完成任务过半，成绩斐然。
②30万亩酿酒葡萄可成为全国最大的葡萄种植基地。

其 七

十万温棚列甲兵,气吞朔漠鬼神惊。
农家四季垂心血,赤县蜚声致富经。

其 八

深山贫困子孙愁,多少泪花难解忧。
一旦飞居黄灌地,开篇着力写春秋。

其 九

无边大漠立葱茏①,万仞罗山矗半空。
临顶方知千里近,新区气度叹恢弘。

其 十

改天换地梦成真,始信斯民盖世勋。
青史不乏操笔吏,丰碑更重在人心。

---

①罗山四周是沙漠。

丽江行吟

丽江古城

异乡风物最心痴,游客如流假日时。
何问商家千载事,古城记忆几人知。

虎跳峡

虎跳峡是长江第一大峡谷,因猛虎跳江心石过江而得名。落差高达213米,以其山高谷深、滩多水急、雄奇险峻闻名于世。

万里长江第一难,蛟龙一线闯雄关。
若非猛虎移仙石,哪得今人有此缘。

狼毒花

香格里拉的草甸,一片红色,那是秋天的狼毒花,牦牛徜徉其间,美不胜收。

裁剪云霞作绣帘,神牛自在嵌中间。
倘能挂在天庭上,问遍九州寻画仙。

普达措公园

香格里普达措国家公园,海拔4000米左右,包括碧塔海、属都湖、弥里塘亚高山牧场等,神秘而奇特。

其 一

湖在空中溢出云,千年古木作边纹。
飞艇一叶惊神女,玉液何时又照人。

其 二

冲天林木气森森,送爽清风挟带云。
敢上灵霄观玉镜,逍遥乐作半仙人。

柳　棉

柳树吹棉似散花,行人路过送披纱。
拈来一片何怜惜,化作诗葩手染霞。

宁夏农垦茂盛草业感赋

其 一

无边苜蓿紫花香,大地穿衣换绿装。
谁信当年荒漠里,如今健在叹沧桑。

其 二

不知军马去何方①,此处威名续乐章。
但看新人追彩梦,且闻十里草花香。

其 三

自古天然有牧场,如今科技为牛羊。
神州始产优生乳②,胜似灵丹保健康。

---

①茂盛草业有限公司的前身是军马场。
②这里种植的紫花苜蓿蛋白质含量高,喂养的奶牛乳汁蛋白质含量也高,因此而驰名。

其 四

扬波绿海铁牛忙,千古镰刀一日藏。
汗雨曾经尽情洒,赢来茂盛胜同行。

其 五

贺兰山下抹青烟,沙海绿洲谁换天?
种草功名华夏榜,朔方茂盛在前三。

讴歌地矿人

其 一

荒山深岭钻机鸣,独奏琴声四野听。
日月倘知千古事,风霜雨雪莫薄情。

其 二

谁知地下有金银,满脸风尘探矿人。
山岳殷勤掏肺腑,地神无奈献薪盆。

其 三

炎炎烈日石枯焦,猎猎寒风胜似刀。
寻宝为民豪气在,孤篷荒漠也逍遥。

其 四

撑天入地气恢宏,四海安家足迹匆。
但看人间添宝藏,风云万里唱英雄。

其 五

踏破铁鞋翻遍山,任他风雨布艰难。
回头再看辉煌处,难忘当年立钻杆。

其 六

不见高楼五色灯,但闻悦耳钻机声。
三更梦里儿呼母,住院爹娘自吊瓶。

其 七

风沙不惜黛眉新,何用品妆徒费神。
霞染花容月窥貌,山传捷报地留心。

其 八

新婚三日别娇妻①,恰似前方战火急。
遥望牵牛明月夜,相思不怨鹊桥稀。

---

①自治区矿产地质调查院平岭寺煤矿勘察项目部负责人马一平新婚第三天就上了工地。

平罗行吟

姚伏东沙湖[①]

一抹蒹葭十里黄,霜天不必叹荒凉。
春风但送潇潇雨,且看新装胜嫁妆。

田州塔[②]

撑天拔地越千年,兰岳黄河左右蟠。
若信人间菩萨度,青烟缕缕代相传。

翰泉海[③]

天收银海落瑶泉,水碧风清渡玉栏。
踏遍山川望穿眼,斯民始信志非凡。

---

① 东沙湖水域面积6200亩,有100多种鸟类翔集,芦苇密布,红柳丛生,蒲草环绕,沙丘遍布,自然景观独特,开发潜力巨大。
② 田州塔始建于西夏时期,高38米,八层六角形,结构严谨,工艺精湛。曾饱经沧桑。现塔是1783年重修的。
③ 这里曾是一望无际的白色碱滩,现规划为占地2.6万亩的集水上养殖、旅游、观光、休闲、度假为一体的新型旅游区,已完成1000亩示范工程。

新区建设①

楼宇玲珑一片新,三年未见又惊心。
若非昨日荒唐梦,哪得今天落彩云。

康熙饮马湖广场②

名传千古赖皇权,今日婵娟始露颜。
莫道东风情意浅,只因前路未逢缘。

接引寺③

巍峨新寺古今融,献瑞争辉自不同。
盛世从来香火旺,任凭心事寄苍穹。

玉皇阁④

三清六辅壮天穹⑤,四海闻名与日隆。
风雨难摧心坎路,登高一望八方通。

---

①该县用"政府画格子,社会填空子"的思路,几年间,就将县城面积扩大了一倍,建成了十几座二十多万平方米的地标性建筑,以及城市干道、地下管道、景观水道等配套设施,绿化面积达189万平方米,现代化园林式新区初具规模,实乃奇迹。
②传说康熙曾在此饮马得名。原为城郊荒地,现建为休闲广场。
③接引寺为20世纪80年代后建的一座新寺,融古今建筑风格于一体,气势宏伟壮观。
④玉皇阁始建于明代永乐年间,有600多年的历史,并多次扩建,形制独特,规模恢宏,是西北不可多得的优秀古建筑群。
⑤三清六辅是以道教为主的建筑布局。

俞翰林①

原培功业颂江南,身后蒙冤断祀烟。
天道昭彰遮不住,至今故里念清官。

天河湾②

长河回首百灵来,两岸仿佛屏画开。
更有人流穿绿浪,恰如儿在母亲怀。

庙庙湖③

一泓湖水翠千峰,沙海茫茫艳若星。
蒙汉界边听故事,梵音袅袅起空灵。

---

①俞德渊,字原培,出生于平罗头闸俞家庄,清嘉庆进士,入选翰林吉士教馆,民间称其为"俞翰林"。他生活简朴,为人正派,为政清廉,多有建树,美名传颂于江南大地,病逝后葬于故里。"文化大革命"中,祠堂被毁,墓遭破坏。现重修祠墓,并立铜像,供人瞻仰。
②天河湾湿地公园紧依黄河东西两岸,总面积两万多公顷,绿草如茵,天然的动物群与独特的森林景观浑然一体,魅力无穷。
③庙庙湖紧邻内蒙古鄂托克旗,南北临沙,有天然泉水围堰成湖,湖旁建有蒙古族敖包和佛教寺庙,故名。现正在进行旅游避暑观光开发建设工程。

神华宁煤集团化工基地感赋

位于毛乌素沙漠中的神华宁煤化工基地将建成世界最大的煤化工基地,成为一大奇迹。这里已不再是风沙连天、人迹罕至的地方,而正在变为一座新型的煤化工城市。感人至深,诗以志之。

其 一

谁信金山起塞边,只因黑炭化白仙①。
千军拥进荒原里,一座新城亮眼前。

其 二

千年荒漠一时新,缕缕青烟四海闻。
点石成金梦中事,而今华夏有奇人②。

---

① 白仙指煤化工的主要产品烯烃等,其洁白如雪。
② 过去开采的煤炭是初级产品,主要用作燃料,近几年我国的煤化工技术逐步成熟,不乏人才。而且这里的煤储藏量大,品质好。煤化工起步早,因而发展很快。

其 三①

江南移梅朔方栽②,先占春光腊月开。
不似桃梨时令好,夺魁只为寄情怀。

①此诗为梅占魁先生而作。先生是湖北人,系化工和机械专家,2006年被聘为宁煤集团化工公司顾问,负责技术工作。他把心血洒在了荒漠里,使自己的人生更为精彩。
②唐朝诗人杜审言《和晋陵陆丞早春游望》诗"云霞出海曙,梅柳渡江春",反其意用之。

随　想

夜色幽深不见星，万家灯火胜苍穹。
嫦娥莫觉寒宫远，早报人间未了情。

雅安地震悲怀

其 一

地魔又整雅安人,寰宇一时涌暖云。
大义从来民为贵,同胞罹难最伤心。

其 二

天崩地坼恨无情,春满人间爱有声。
倘若佛心能度难,小诗祷告乞神灵。

其 三

地动哀音日月悲,雅安泪雨洗心扉。
神州自有擎天胆,驱散阴霾筑大碑。

其 四

惊魂一刻万山倾,四海慷然献至诚。
今日无家莫悲痛,三年再看新县城。

雨评五首

盼 雨

禾苗五月内心焦,总见疏云在九霄。
若教瑶池掀底浪,人间旱魃顿时消。

时 雨

春花秋月各风流,唯有青纱少欲求。
倘若适逢饥渴苦,一场新雨解千愁。

霪 雨

细雨霏霏半月飘,路旁苔藓绿如妖。
会当丽日驱云后,七彩华光惬意描。

暴 雨

黑云气盛泄淫威，欲把天河覆底摧。
纵使一时遂心意，谁怜千古骂名卑。

雨 后

雨过风清树更苍，尘埃洗却百花芳。
只因积垢轻难去，点检天公利器场。

赞交警

通衢大道赖仁君,雨雪风霜更有神。
倘若一时公不在,灾星魔怪索惊魂。

赠 友[①]

经风沐雨铸芳华,缘起心怀耿介葩。
情洒园林蓝绿紫,意存仁德自流霞。

[①]挚友耿紫霞,性耿介质朴,从教多年,深受学生崇敬。

赠李星书先生①

从军塞外阅风云,纤笔殷情绘国魂。
但借魁星明月夜,书斋三尺四时春。

①李星书,陕西咸阳人,宁夏书画家协会会员,被授予"中国红色书画家"、"中国书画名家"称号。20年军旅生涯,练就侠肝义胆;一生喜爱绘画,专攻写意牡丹和写意人物,受同仁好评。

六盘山长征纪念碑

破雾穿云势若虹,红军便是华夏龙。
六盘驻足腾飞后,化作宏图万事功。

贺兰晴雪

千年传颂满江红①,今日春光耀雪松。

遥看西天云际处,苍茫海浪是白龙。

①岳飞《满江红》词中"踏破贺兰山缺"一句,使贺兰山名传千年。

黄河情怀

穿峡越岭气何舒,两岸风光胜玉姝。
蘸尽滔滔九曲水,绘出今日上河图。

葡萄山庄

一抹平川万顷烟,兰山脚下是新天。
葡萄美酒三杯后,胜似歌声四海传。

沙湖春色

芦丛碧水绕沙龙,一叶飞舟万浪冲。
鸥鸟盘旋窝里叫,游人指点叹天成。

阅海垂钓

水绿楼新草色浓,渔翁静坐但从容。
一杆提起千重浪,眉梢喜挂夕阳红。

七 律

悲咏马航客机失联

2014年3月8日凌晨,马来西亚飞往北京的MH370客机突然失去联系,机上239人,其中中国154人。举世惊愕,各方千方百计搜救,杳无音信。

惊 闻

云霄何故作凶妖,让我同胞一瞬消。
万里寻踪掀海底,千家泄泪涌波涛。
茫茫宇宙迢迢路,小小灵台细细弦。
诀别方知情最重,惊魂破碎岂能安。

搜 救

马航断线放鸢飞,举国含悲唤不回。
搜尽南洋九天水,求归骸骨一分灰。
流星勤拭穿云眼,闪电频催揭幕雷。
宫阙虽新轻莫去,亲人血泪写安绥。

怅 望

黄鹤归来未有期,青山绿水也惊奇。
依然寻觅无暇日,唯愿生还会转机。
纵使空留千古恨,宜应实写万年题。
行云易逝情难逝,遥祭南洋早破谜。

参观宁夏科技馆

贺兰山下彩云垂,化作苍茫智慧碑。
见证时光三亿载,放飞梦想九千回。
乾坤变幻争一瞬,岁月迁流愿总随。
但借长风吹万里,力促宏图溢光辉。

春 殇

雾霾肆虐又扬沙,已到春深未见花。
剪叶风刀何所在?知时好雨亦难发。
神舟能有观天眼,玉宇岂无收蜮匣。
莫怨天公少情义,人间正道方卫家。

春　雪

　　午马年初立春日,银川下了入冬以来的第一场雪。人们倍感欢欣,期盼着瑞雪带来的希望。

　　　　高天恩厚地铺棉,万树新装过大年。
　　　　似见苗肥仓廪满,犹听民众肺心言。
　　　　尘埃除却花增色,虫蠹消亡草润颜。
　　　　且看春风剪刀快,山川染绿一瞬间。

慈 善

宁夏慈善总会在短时间内筹得亿元善款,扶危济困,广布爱心,诚可敬也,诗以歌之。

爱在苍茫九域天,风云揽入寸心间。
千金难买回神卷,一饭可成救命丹。
细雨当时涸鲋济,孤舟无力借帆悬。
但得瀑布涛声远,未必溪流不壮观。

悼杰出回族女画家曾杏绯

芳枝莫胜牡丹悲,仙苑而今泪雨飞。
二八娉婷初习艺,期颐魁伟自成碑。
风霜雨雪花常艳,魂魄精灵国炫晖。
笑看和阳催后俊,眠从沃土助根肥。

悼秦中吟先生

一支纤笔伴终身,绘尽胸中万壑林。
秋雨行船航道直,春风奏乐曲声馨。
诗坛宿将行何急,塞上仁君痛甚殷。
前路茫茫云锦灿,天年留得觅新音。

冬 雪

每临三九似春来,遍地梨花不用栽。
草木怀恩增玉色,蠹虫舍义毁梁材。
茫茫素宇农家喜,猎猎寒风陋室哀。
最是红梅豪气壮,山巅峭壁艳如钗。

毒胶囊

近日舆论沸扬,谓废皮革竟成药品,高含铬胶囊害人匪浅,国人愤慨。

世间最毒是阴招,仙药谁知胜似刀。
助阵明星轻毁誉,兴灾鬼域重捞钞。
人心有欲当存善,天理无形但识妖。
不信神州少包拯,开封府里铡声消。

读王教授① 回忆录赠之

其 一

苍茫风雨绘人生,时代先锋路不平。
边外九年常饮泪,黉堂廿载正攀峰。
顶天最是情和义,立地甘为叶与藤。
放眼青山情未了,而欣桃李正挥旌。

其 二

鬓衰回首述年华,命运沉浮为国家。
不惧六神撂边塞,可期一世乐天涯。
蹉跎岁月多长夜,明媚时光惜晚霞。
检点平生无憾事,感伤宠物落心疤②。

---

① 王教授指王庆同。王庆同教授祖籍浙江嵊县。1958年北京大学新闻专业毕业后,毅然赴宁工作。1964年被打成"反革命集团"成员,曾在边外(盐池长城以外)"监督劳动改造"9年,历尽艰辛。平反后调宁夏大学筹办新闻专业,从事行政和教学工作,著述颇丰,成就卓越,为师生和世人所敬重。
② 王庆同教授天性淳厚,一生与"狗的故事"有缘,且情谊深长。他最近出版的回忆录即名为《毕竟东流去——几只狗和一个人的记忆》。近日他的爱犬乐乐病亡,他为此写了《祭乐乐文》,甚为伤感。

反腐风暴

惊雷阵阵响周天,春雨如酥润九边。
腐木朽枝齐剪灭,青松峻岭信登攀。
千山传颂强国梦,万壑回旋动地澜。
但有清芬弥四海,柔心热血抚时弦。

风 气

一从铜臭漫神州,大地青苗长毒瘤。
刀剑有锋人懒散,天光无影树生幽。
欢呼丽日驱云后,迷恋清风入梦由。
自古民心称世道,全凭正义论春秋。

甲午战争一百二十周年祭

甲午风云种世仇,侵华更是火中油。
东瀛鼠辈欺天胆,华夏英才正义筹。
难忘同胞飞血雨,恢宏先烈救国谋。
堪当日月循常迹,敢教豺狼万恶休。

勿忘"九一八"

天高地远几千年，唯有倭仇代代传。
风雨难消山积雪，江河岂拒水行船。
贼心不泯狂徒在，善意何填恶狗贪。
但看中华非昔日，尔曹莫要蹈深渊。

感于回族教育世家[1]

情衷兴学族生辉,三代传承铸一碑。

垂范先贤魂不散,循缘后俊誉频飞。

风狂雨骤谁知苦,春暖花开各展眉。

室有梅兰香四域,只因母爱做根肥[2]。

---

[1]马忠真先生主编的《父母恩深》一书,记述了他家感人至深的故事。在半个多世纪里,其祖孙三代中有22人执教,教龄35年以上的10人,教授、副教授6人,享受国务院特殊津贴、研究生导师2人,1人被评为"全国优秀教师"、"全国三八红旗手"、享受自治区政府特殊津贴并成为新中国感动宁夏的100位英雄模范人物之一。因而被自治区教育厅、教育总工会授予兄弟姐妹七家各为"教师世家"荣誉称号。

[2]马忠真先生之母从新中国成立初开始,20年含辛茹苦,独自把7个未成年的子女均培养成人民教师,且不准中途改行。其情其志,可嘉可敬。后代奉其为"当代孟母"。

感于舟曲灾难全国哀悼日

2010年8月7日凌晨,甘肃舟曲县发生特大泥石流灾害,一千多人遇难。国务院决定8月15日为全国哀悼日,以示对遇难同胞的深切哀悼。

神州哀悼尽悲音,肃穆山川送殒魂。
大难弥天天大爱,深情漫地地深恩。
翻江倒海寻常事,国本民心自有根。
凭仗同心十三亿,环球拭目看奇勋。

观菊花展

  辛卯中秋,首次有近千种十万盆菊花在银川中山公园展出,精品荟萃,千姿百态,游人如织,蔚为大观。诗以志之。

秋光如水菊花鲜,万种风情入眼帘。
瑶阙仙姝临盛会,朔方雅士步香阶。
人间一日千年景,天上千年一日观。
明月应知古今事,清辉格外洒边关。

海宝公园落成

参天古塔立湖边，使认前朝四百年。
水面轻风柔似玉，溪间云树暗如烟。
繁花织锦秋光暖，曲径通幽晓露寒。
天落瑶台满城瑞，四方显贵会银川。

贺《华夏能源报》创刊四十周年

苍山壮志守边关,更献乌金四海燃。
心系神华催胆魄,情钟宁夏梦岩峦。
万千英烈魂常在,三九寒霄笔未眠。
白首何嗟平素苦,一腔热血付真言。

贺老新协二十华诞

鬓霜不悔逝年华,常忆青春踏万家。
心血添灯每留夜,山川入笔即生花。
曾鞭腐恶清寰宇,更恋芳菲赞玉葩。
东去江河西望浪,寸丹归海亦成霞。

贺李景杭书法作品展

凤城十月百花奇,欧楷蜚声第一枝①。
九域来宾情未了②,万人注目步难移。
都知挥手千章就,哪晓飞龙半世痴。
霄汉繁星明月夜,书坛金页景杭持。

---

①李景杭先生的书法擅长欧体楷书。中国毛体书法艺术研究创作中心副会长晓音先生认为李景杭是中国西部欧体楷书第一笔。
②中国硬笔书法协会主席张华庆一行和福建省等地的同仁前来祝贺参观。

贺宁夏慈善总会成立二十周年

天行大道善随缘,千古人心在世安。
一饭能纾豪杰难①,千金未换庶民怜②。
莫言积德平常事,当作修身气节源。
廿载风云勤筑路,三分功德荐轩辕。

---

①韩信困苦时得漂母以饭相济,后来成就伟业。
②北宋奸相蔡京在被流放途中,老百姓不卖给其一口饭,被活活饿死。

贺宁夏诗书画影艺术研究会成立

风和艺苑百花鲜,又有新枝出峻山。
春夏秋冬壮筋骨,风霜雨雪绘容颜。
蛩声不用敲锣鼓,明志当如积水潭。
倘若馨香飘九域,自当万里有藏仙。

贺《夏风》创刊二十周年

春催百草竞生发,赖有园丁护幼芽。
甘载长成千尺树,三秋绽出万枝葩。
诗飘塞上云添彩,韵落神州地染霞。
冷雨热风霜雪剑,皆为好料壮英华。

贺尊师李增林先生八十诞辰

先生学识渊博,治学严谨,道德高尚,耿介清廉,著述丰厚,桃李芬芳。敬仰之心难以言表,谨以小诗祝贺其八秩高寿。

其 一

半世风云几变迁,一张容貌总新鲜。
当年屈子英灵在,今日离骚老叟传。
每忆艰难我求学,常思邃密君执鞭。
师恩自古高天厚,鬓雪童心叹逝川。

其 二

从师四载结情深,半世萦怀授业恩。
屈子当年传劲节,诗经自此入芳心。
风霜成就长青树,岁月讴歌正直魂。
但有良朋胜书卷,人生路上伴知音。

黄河金岸感怀

其 一

天河①急切至沙都②,一展襟袍洒玉壶。
万顷田园始披缎,千番水韵正描姝。
欣闻大漠波涛绿,更见高楼景象殊。
五彩朝霞起金岸,卫宁③心气化宏图。

其 二

云河④着意绣吴忠,万户千村落彩虹。
玉树琼花迎碧液,危楼画阁入苍穹。
无边稻浪添新廪,满眼风光忆旧容。
天府⑤国中何处翠,青灵⑥丰采扮骄龙⑦。

---

①唐李白《将进酒》诗有"君不见黄河之水天上来,奔流到海不复回"句。
②国家 5A 级旅游景区沙坡头被誉为"世界沙都"。
③卫宁即黄河两岸以中卫、中宁为主的卫宁平原。
④唐王之涣《出塞》诗有"黄河远上白云间,一片孤城万仞山"句。
⑤宁夏平原被评为全国十大"新天府"之一。
⑥青灵指青铜峡市、灵武市。
⑦骄龙,即黄河。

其 三

长河惠顾靓银川,塞上湖城九曲冠。
水绿风轻恋归鸟,街宽路阔逐陈瘢。
名传四海群贤会,誉满五湖金榜攀①。
恍若垂髫相伴女,十年一觉认婵娟。

其 四

大河浩荡下煤城,一片青山染激情。
为献乌金怀壮烈,幸逢盛世载峥嵘。
荒滩秃岭潜踪去,碧水琼楼照眼迎。
莫道边垂荒漠外,寰球几处不知名②。

其 五

滨河大道串玑珠,千里光华五色图。
放眼玲珑城市带,用情锦绣稻粮区。
路通八面连寰宇,物越三江达僻庐。
最是深情西套水③,描天绘地著奇书。

---

① 银川市先后荣获全国节水型城市、国家卫生城市、国家园林城市、双拥模范城市、国家科技先进城市、中国优秀旅游城市、中国宜居城市、中国十大最具幸福感城市、中国十佳和谐可持续发展城市、中国最佳投资服务城市、国家环境保护模范城市等称号。
② 石嘴山人均发电量居全国第一,石灰氮、双氰胺产量和质量居亚洲首位,钽粉、钽丝生产能力和质量居世界前三强,举世闻名的太西煤出口多个国家。
③ 黄河的河套流域宁夏段称西套,内蒙古段称东套。

其 六

沿黄经略达天庭，水笑山呼草木荣。
集聚中华改天力，合谋区域富民功。
千年丝路鹏程远，万里河堤气象雄。
且使春风常送暖，花红柳绿总荫浓。

黄河楼

　　黄河楼被誉为"黄河金岸第一楼",位于宁夏回族自治区青铜峡市黄河岸边,主楼高108米,总建筑面积2.2万平方米,巍峨古朴。

　　　　撑天拔地壮如山,九曲黄河一景观。
　　　　西望巴颜育胎地,东瞧渤海离土湾。
　　　　千年流出文明路,万世汇成华夏园。
　　　　北国风云南国雨,登临思绪似飞船。

黄河母亲

　　黄河母亲塑像位于宁夏回族自治区青铜峡市黄河岸边黄河楼旁,青铜铸成,高36米,庄重慈祥。

　　凌波踏浪宛如仙,长发飘然欲绾天。
　　右握麦苗仓廪实,左持竹简宅心宽。
　　神州子女传仁义,海外儿孙望梓园。
　　乳汁诗书衣食爱,伟功源自母心间。

家乡吟

黄河意遂宁夏川,泽惠膏腴遍翠烟。
元昊称雄堪饮马,大唐中盛始扬鞭。
千峰永记三军越,万壑长流四海钱。
又见湖城花满院,春光不吝绘婵娟。

捐　款

报载,私营企业主为社会慈善事业慷慨捐款,甚为感佩,诗以歌之。

　　自幼家贫步履艰,飘零创业总翻船。
　　江边掬泪愁难洗,塞上登峰喜愈攀。
　　回首常怜病孤苦,扬眉不忘仁义贤。
　　舍得自是男儿本,豪迈人生绘彩环。

老年健身有感

海涌朝霞健步飞,山衔落日暮云催。
汗淋大地三千里,脚丈寰球九万回。
盛世后生攀俊彦,兴国前辈享安绥。
风霜雨雪锤筋骨,但信期颐沐晚晖。

麦垛山煤矿

一座年产 800 万吨的大型现代化煤矿正在紧张有序的建设中,其昂扬奋发的精神感人至深。

亘古荒原麦垛山,谁知宝藏胜三川。
欣逢盛世开颜笑,敞露幽怀任尔搬。
不悔千年守枯寂,但求一日送温煊。
成功莫论迟和早,登上新高后亦先。

宁夏石化公司

炼油厂①

曾经荒漠换新容,一座油城气象雄。
兰岳千峰惊嬗变,黄河万里唱神通。
行车全赖君添力,享誉只因自练功。
世事艰难唯创业,前方遥路待飞鸿。

化肥厂②

春雷送暖启新程,戈壁滩前摆阵营。
碧水深情育杨柳,和风着意化沙蓬。
白头未负平生志,绿浪长歌世纪功。
喜看农民收稻谷,闲听棋子落盘声。

---

①建于20世纪80年代末,初年产75万吨石油,后扩建为年产150万吨,现年产500万吨。
②建于20世纪70年代末,初年产50万吨尿素,后又两次扩建,现年产130万吨尿素。

望湖边琼楼有感

一泓湖水半城缘,画阁高楼起四边。
无雨浑如面敷膜,有风恰似山到巅。
何愁天价无人买,当救凡夫五内煎。
昨夜三更圆宿梦,今朝始信有贤官。

青春赞
——五四青年节有感

青春意气走天涯,万里风云即为家。
踏浪三江吟五岳,蜚声四海梦中华。
挺胸一笑千愁去,创业全凭百担压。
放眼高峰无限处,丹心热血壮朝霞。

青铜峡鸟岛

鸟岛属于青铜峡水库区的一部分,因其栖息许多鸟而得名。位于牛首山下,黄河岸边,面积3万多亩,景色得天独厚,有自然河流、湖泊和天然林区,为国家湿地保护项目。

牛首山头望眼收,黄河金岸绿树稠。
千年湿地迎兴盛,百万飞禽乐静幽。
九曲缘何怜塞外,一弯足以壮平畴。
但知北国风云色,始信江南在此洲。

塞外香大米

香飘域外走天涯,不借风云进万家。
碧水和阳方玉秀,寒霜冷月更精华。
身价自是人间宝,命运何输阆苑葩。
若问九州谁最好,黄河塞北独怜它。

沙暴肆虐

混沌天空万里沙,清芬何处护新葩。
千年魔瘴能吞地,一道金光不染霞。
好雨知时洒荒漠,恶风有意学昏鸦。
同声讨伐情虽切,难却人间锁旱魃。

师生相会

吾曾为教师,当年的学生现在各有所成,邀师相聚,不胜感念。

卅载时光驻眼前,师生晤面话当年。
千山不阻心弦路,万水何消道业传。
岁月无情摧鬓发,良才有志报轩辕。
但闻砥柱飞激浪,岂用临湍叹逝川。

松树赞

临高不惧沐寒风,正气充盈四季青。
根扎荒山千嶂翠,声传幽谷万峰应。
飘零独处豪雄在,潇洒平生劲节凭。
更有清名世间少,堪当长夜伴英灵。

塔

观天察地越千年,阅尽江山几变迁。
气贯风云谁解味,胸藏沟壑自成仙。
身坚不惧时光快,心静何愁世道偏。
莫看香灰飘洒远,灵台无病便平安。

"天宫一号"与"神八"交会对接

欣闻"神八"吻"天宫",急切披衣望太空。
明月惊奇千古恋,疏星羡慕一回拥。
梦圆写尽三江水,功遂欢腾五岭松。
何问神州今夜灿,浩茫宇宙宠新龙。

万里风云行色壮
——迎接党的十八大

其 一

南湖骤起万钧雷,旭日喷薄雾霭摧。
五岭从此红烂漫①,三江到处孕芳菲。
乾坤转向风云变,世事趋同日月追。
不忘先贤流血路,旌旗猎猎沐新晖。

其 二

幽灵②潜入月华升,黄浦江声鬼蜮惊。
火炬一支晖北斗,旌旗三面③乱南陵④。
期颐⑤运柄飞轮转,十八⑥航船破浪行。
喜看千帆征四海,霞光给力万山青。

---

①毛泽东词《渔家傲·反第一次大"围剿"》:"万木霜天红烂漫,天兵怒气冲霄汉。"
②《共产党宣言》:"一个幽灵,共产主义的幽灵,在欧洲的上空徘徊。"
③指红军主力第一、第二、第四三个方面军。
④毛泽东词《渔家傲·反第一次大"围剿"》:"不周山下红旗乱。"
⑤指中国共产党成立已91年。
⑥指中国共产党第十八次全国代表大会。

其 三

和风薄雾润中华,总是阳春遍地葩。
雨后彩虹明月夜,山中险路近朝霞。
潮平但看风帆疾,峰转方知景色佳。
梦里桃源醒来事,绘成一幅做新家。

吴忠气象

长河两岸数颗星,且看吴忠旺气生。
遍地烟霞稻花浪,群楼玉苑回族风。
一年一变春来早,三步三升月更明。
足健尚需天假便,读经用够万分情。

新固原

卅载殷情踏旧踪,恍如梦景入天宫。
时光未觉人先老,日历翻新地返童。
雁岭①葱茏千嶂翠,园区锦绣万家丰。
苍鹰不见怜荒野,远处空间正整容。

---

①雁岭,指在古雁岭上新建的占地近3000亩的森林公园——古雁公园。

学会期刊获奖感怀①

欣闻喜报到诗家,却看和阳染鬓华。
三九寒天凋碧树,耄耋旧脸落新葩。
风云漫道胸如海,心血结晶笔胜铧。
阅尽江山千古事,一腔肝胆付书札。

---

① 在庆祝宁夏社会科学联合会成立30周年之际,宁夏诗词学会被评为全区十个优秀学会之一,学会刊物《夏风》被评为全区十个优秀期刊之一,学会为此举行座谈会,感而志之。

盐池花马池生态水资源综合利用工程[①]

天怜荒漠落瑶池,正是人间鼎盛时。
开鉴引来云缱绻,舒身荡去草荣滋。
掬得汗水兴宏业,炼就精神著史诗。
花马重弹边塞曲,千年古地焕新姿。

[①]花马池生态水资源综合利用工程是盐池县的一项重大民生工程,总投资2.06亿元,历时1年完工。工程具有拦洪防洪、蓄水、涵养、改善生态环境和景观五大功能,改写了盐池县城没有生态水系的历史。

盐池新貌

极目葱茏叹变迁,曾经沙海到天边。
移山汗水千钧力,换地心胸万壑泉。
片片锦霞云落地,条条玉带月围园。
翻开史册寻踪迹,时代新人胜旧贤。

银川舰

曾经北海守边疆,今泊银川乃故乡。
万里烟波三十载,一腔事迹九千章。
虽然不遏惊天浪,但却甘为警世窗。
国运昌明情志遂,黄河柳岸梦飘香。

咏环卫工人

其 一

秋深叶落地铺黄,环卫工人夜半忙。
一帚能除满城秽,全心何惧朔风狂。
忽闻殒命车轮下,欲忍伤怀泪线长。
宫阙也知世间事,玉龙飞甲洁魂芳①。

其 二

2013年10月26日,是第8个环卫工人节,银川市千名环卫工人带薪休假并着工作服集体游览风景区,两千机关干部上街保洁,感而志之。

今日秋光胜似春,红霞朵朵映河滨。
忽闻环卫游风景,骤见官员扫路尘。
一举能移千古俗,万言不及半天真。
人生自有寻常事,若带温情也动人。

---

①宋张元诗《雪》:"战罢玉龙三百万,败鳞残甲满天飞。"

雨 后

风清花润面膜奢,更见华光在海河。
西望山峰云似雪,东听湖岸浪如歌。
长空彩练天增色,旷野新容地解涸。
时雨含情人惬意,只因处处盼谐和。

玉树地震致哀

  2010年4月14日,海拔4000米的青海玉树藏族自治州发生7.1级地震,房倒屋塌,烟尘四起,藏族同胞陷于灾难之中。看罢电视,悲情难抑,诗以抒之。

    万仞山巅玉树摇,同胞罹难最心焦。
    问天怎不怜虚牖,责地为何纵恶妖。
    但有情根荣五族①,岂忧孽海泛千遭。
    旧庐化作尘埃去,如画新家放眼瞧。

---

①五族,辛亥革命后曾用汉、满、蒙古、回、藏五个民族代表全国各民族,即五族共和。

元旦感赋

复元更始地回春,草木生荣岁岁新。
敝室问寒三九暖①,高天怜爱十千殷②。
半分权力如全意,一分民心胜万金。
且看中华振兴路,神州五岳驾风云。

---

① 2013年元旦前夕,习近平总书记冒着零下十几摄氏度的严寒,到地处太行山深处的全国扶贫开发重点县河北省阜平县,看望困难群众,共商脱贫致富之策。
② 元旦前夕温家宝总理来到青海玉树藏族自治州州府所在地结古镇,考察地震灾后恢复重建情况,看望慰问各民族干部群众。

赠 师

辛卯七月末,荆兆汉、张颐夫妇从常州来银,在银的原青铜峡中学部分师生相聚,荆兆汉、郝忠仁老师当场赋诗,情意充沛,吾甚感佩,乃诗以敬之。

门生耄耋会师尊,五十年前记忆清。
风雨豪情衰鬓在,霞光秀惠淡眉存。
若非常梦青春事,哪得相思老酒真。
同是白头漫嗟吁,终身不忘比亲恩。

附荆兆汉老师诗

感 言

凤城银川气象新,故地重逢情义深。
友谊珍贵春常在,千里之外有亲人。

附郝忠仁老师诗

郝忠仁老师诗

洪流一报牵姻缘,五十一载共枕眠。①
今日师生同举杯,他时相见待何年。

---

①前两句是说当时青铜峡中学的校报《洪流》促成了荆兆汉、张颐老师的婚姻。

赠韩霄星先生①

天从南国聚芳枝,翘楚徽商百世稀。
师训恢宏承业本,家传笃厚铸心基。
长城冰雪天涯路,滨海风云股市棋。
胸有朝阳思探险,平生志在破羁縻。

附韩霄星先生诗作二首

思念银川及陕甘②

少壮多豪气,近年始盼孙。
驰思河套远,入梦三边勤。

---

① 韩霄星先生乃安徽人氏,现为深圳市百山创业投资有限公司董事长,已过天命之年。卓学于哈尔滨工业大学,先执教桑梓,后毅然赴深圳投身金融,成绩斐然,为职工和同行所敬重。辛卯春赠吾诗抒怀,吾感其心志,成七律一首回赠之。
② 此诗韵依邓万《思念》一诗。1971年春,韩霄星途经兰州、银川、定边等地,返回陕北,曾在银川小住几日,印象颇佳,至今常常思念,曲指算来,已有40年。

股海动心魄,特区炼胆魂。
风雨四十载,寄语送温馨。

自 题①

才未超群志却高,股海颠簸颇费劳。
成败廿载凭谁说,但听同伴称自豪。

---

①此诗韵依邓万《李鸿章府》一诗。韩霄星1990年离开政府机关下海投资,至今已20年。

赠韩新法先生[①]

秦川齐鲁两情牵,难忘先祖业路艰。
世代耕耘传笃厚,一生劳碌效良贤。
欣逢岁月新春暖,追赶时光夙夜攀。
泥土成金广厦起,民安国富我加砖。

[①]韩新法乃陕西华县人氏,祖籍山东,为姻亲李新丰好友,创办制砖企业。

赠吝金珠先生①

处世持家祖训传,华山渭水鉴心弦。
耕田不忘诗书礼,罹难常思禹舜聃②。
甘雨和风天泽厚,兰芳桂馥室留贤。
光前裕后平生事,笑付东流乐寿年。

---

①吝金珠先生乃陕西华县农民,为姻亲李新丰好友,过去因家庭出身
问题道路坎坷,但一生正直、勤俭。现子女皆学有所成,境况甚好。
②聃,老聃,即老子。

赠柳建荣先生[①]

祖居豫陕地相连,乐为秦民四十年。
渭水岸边承正气,华山脚下养清廉。
心胸倘有乾坤大,手足何妨半日闲。
力赴和谐前路远,群情绘出艳阳天。

[①]柳建荣乃陕西华县政协干部,为姻亲李新丰好友。

赠棋友

斗室温馨战愈酣,童心白首度天年。
不知夜幕悄悄落,哪管饥肠辘辘煎。
春雨有情留履印,秋风无意退松烟。
谦谦一笑君常健,唯愿期颐坐满盘。

赠姻亲李公[①]

渭水之滨忆钓仙,华山脚下置桑田。
躬耕不忘持家俭,教子须知处世谦。
屋后桃园蜚誉远,房前街市会朋贤。
儿孙和顺天伦乐,报与灵霄慰祖先。

[①]姻亲李新丰,居住陕西华县,豁达豪爽,颇有人脉。

中华黄河坛

一张画卷傍河开,华夏文明涌进来。
旷世奇勋先祖业,经天大道后人台。
只因九曲多龙子,便使八方恋母怀。
倘若轩辕巡视到,金沙湾里胜蓬莱。

中卫城新区

绿海晴空碧液流,轻风送爽夏如秋。
通天大道车生翼,拔地琼楼水长舟。
五馆奇葩客留恋,一湖秀色鸟图幽。
三年未见新区面,始信春光切意投。

注水博士

假文凭之事不断见于报端,近日又有某厅级官员未曾上课却成为博士,被讥为"注水博士"。

天欣学历重文凭,地设机关造假星。
注水鸡豚轻取利,插花冠冕易遭评。
能臣未必高门第,瓦釜何曾振玉音。
堪叹世间多秽迹,常期雨后又清风。

悼贤亮公

　　海内外享有盛名的著名作家张贤亮先生2014年9月27日在银川逝世,回首几十年的交往和友谊,甚为哀痛,诗以悼之。

　　文星陨落是谁催,且返天庭莫饮悲。
　　泪洒监牢本天遣,情播华夏始神飞。
　　生来可做开山斧,逝去犹为计路碑。
　　人世哀荣君已极,凌霄宝殿久暌违。

怒　声

　　最近,媒体接连报道少男少女惨遭横祸的事件,不甚愤慨!

　　咬碎钢牙恨怎消,鲜花血溅恶徒刀。
　　几家父母心撕裂,万户门庭火在烧。
　　月照园林生暗鬼,风吹海域有惊涛。
　　和阳不暖阴沟水,利剑可擒黑洞妖。

重返隆德感怀

上世纪七十年代余在隆德工作近十年,堪为第二故乡。几次返回,为该县改革开放和经济发展的巨大变化所感动,诗以志之。

几度回乡几度惊,今年不见去年踪。
悄然卅载人颜老,倏忽三春地貌荣。
秃岭披装翠千嶂,孤街张翅兴九层。
高楼恰似功勋榜,倾注长征昔日情①。

---

①隆德是红军长征经过的地方,此指继承和发扬长征精神。

张丽莉

报载,2012年5月8日的一次交通事故中,张丽莉为救学生而受重伤,致使双腿截肢,后相继获全国五一劳动奖章、全国三八红旗手、全国优秀教师、2012年度感动中国人物等荣誉称号。

飞鸿竟是一枝花,敢遏狂飙护幼葩。
大爱从来感天地,无私自古赛云霞。
三山又立金牌位①,九畹当为白玉家②。
四海讴歌情意拙,不如瞬息闪光华。

---

①三山,指蓬莱、方丈、瀛洲,传说海上的三座神山。
②《离骚》中有"余既滋兰之九畹兮,又树蕙之百亩"句。古之十二亩(或说三十亩)为一畹,九畹成为种兰的典故。

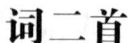

词二首

——悼丁思俭先生

诉衷情

当年意气每相投,负重建新楼。人生故旧依恋,高处又何求①。

曾几度,话春秋,酒空流。惊魂谁料,两隔阴阳,长梦难收。

阮郎归

眼前景物忆当时,人情叹旧痴。春风何必早折枝,秋来怎个思!

身已老,梦来迟,心伤别世词。那堪凄雨也无知,夜深还在嘶。

---

① 丁思俭先生任宁夏日报社副总编辑时,组织上调他任宁夏人民出版社社长,他难舍长期工作生活的报社,想留任不就。

浪淘沙（十首）
——贺中国共产党诞辰九十周年

七月火炬①

　　风雨暗如磐,天意怫然,疏林凋落百花残。三九迎来千里雪,红梅独妍。
　　黄浦水潺潺,激浪翻旋,南湖更载万钧船②。火炬一支寒夜暖,破晓山川。

四月腥风③

　　烽火正燎原,雾罩家园,大江南北暗无天。梦醒腥风英烈血,志士衔冤。
　　头断气犹喧,逐浪飞湍,苍天一怒起狂澜。万众操戈红烂漫④,剑指凶残。

---

①指中国共产党成立。
②指中共一大先在上海召开,继在浙江嘉兴南湖召开。
③指1927年4月12日国民党反革命大屠杀。
④以红色为标志的工农红军。

井冈山会师

　　首义起南昌,惊破天荒,神州永记第一枪。师会井冈山岳动,敌垒慌张。
　　围剿莫逞狂,百万何妨,纵横驰骋巧思量。运动战中操胜券,展翅翱翔。

万里长征

　　云重暗山庄,雨骤风狂,红军被迫舍家乡。前堵后追生死路,知向何方?
　　遵义放光芒,扫却彷徨,降龙伏虎越荒凉。万里血花青史艳,寰宇无双。

抗日烽火

　　倭寇起狼烟,毁我河山,同胞四亿怒冲冠。大义凌云天变色,捉蒋西安。
　　血肉铸雄关,壮士魂还,为国纾难共扬鞭①。浴火凤凰身更健,不似当年②。

---

①国共两党建立抗日统一战线。
②八路军在抗日战争中发展壮大。

解放战争

驱虏弭兵戎,又染苍穹,和谈烟幕半空浓。
铁甲汹汹重启战,却道途穷。
　　至理助天公,气概如虹,千军万马用从容。
扫荡苍龙①如卷叶,地净天红。

开国大典

民众庆新生,四海欢腾。神仙齐聚北京城②。
响遏行云飞泪雨,告慰英灵③。
　　千载睡狮醒,华夏天明,春行大地赖东风。
万里航船方破浪,旭日徐升。

粉碎"四人帮"

大地起风雷,霪雨霏霏,精生白骨竞逞威④。
自有仙翁张法网,民意成麾⑤。

---

① 毛泽东《清平乐·六盘山》:"何时缚住苍龙?"
② 1949年第一次全国政治协商会议在北京召开。毛泽东在开国大典上宣告中华人民共和国中央人民政府成立。
③ 毛泽东《蝶恋花·答李淑一》:"忽报人间曾伏虎,泪飞顿作倾盆雨。"
④ 毛泽东《七律·和郭沫若同志》:"一从大地起风雷,便有精生白骨堆。"
⑤ 1976年4月5日发生的"天安门事件",是反对"四人帮"的全国性的群众强大抗议运动。

帷幄运精微,轻取枭魁,普天同庆里程碑。
劫后征程难放眼,雾霭蒙晖。

三中全会

霹雳又一声,春到清明,知时细雨润苍生。
草长莺飞杨柳舞,紫气蒸蒸。

彩练破云层,冻土开封,冤消浊却贺升平。
新宇再翻青史页,续写鹏程。

改革开放

极目望云崖,朝日披霞,千帆竞渡壮中华。
又有清风梳碧树,春驻人间。

去旧育新葩,郁郁葱发,入轩馨气带尘沙。
待到芳菲浓欲醉,誉满天涯。

满江红·钓鱼岛

日本不顾钓鱼岛是我国固有领土的历史事实,擅自将该岛国有化,改变现有状况,企图攫为自有,我举国愤慨,怒声如涛,诗以志之。

义愤填膺,东瀛岛,尔今猖獗。华夏土,竟然强夺,野心若揭。甲午战争冤未绝,抗倭烽火仇何灭。岂能忘,先烈洒江天,英雄血。

国运盛,民欢悦。疆域固,军威决。望东方,海上又生妖孽。布浪兴风云水怒,挥师裹甲山河阅。护金瓯,壮志满神州,坚如铁。

清平乐
——贺首届中阿博览会①

风清云淡,塞上高朋满。架起中阿商贸线,丝路凌空重现。

湖城靓丽迎宾,穆民万里情通。由此翻开史卷,佳篇再续新音。

---

① 9月15日,2013中国·阿拉伯国家博览会在银川隆重开幕。67个国家和国内7300多名官员、代表和客商参加,盛况空前,开启了新时代的丝绸之路。

望江南

其 一

宁夏好,风景似江南。绿水平畴千里秀,桃红柳翠稻花鲜。美誉始韦蟾①。

元昊事②,铁马动烽烟。敢向宋京称陛下,天骄也令殒盘山③。青史写新篇。

其 二

长河远,天上到人间。越岭穿峡奔万里,情深最惠卫宁川。能不似江南?

黄金岸,示爱大无边。一串珠玑镶灿烂,良田万顷抹青烟。百媚赖源泉。

---

①唐韦蟾诗《送卢潘尚书之灵武》:"贺兰山下果园成,塞北江南旧有名。"
②李元昊建大夏国称帝,北宋被迫承认。
③成吉思汗征讨西夏时因箭伤病逝于六盘山。

其 三

兰山坐,沙碛卧西旁。东麓葡萄连碧浪,千杯美酒恋家乡。古地换新装。

身怀宝,气宇更轩昂。腹有乌金流四海,参天林木作脊梁。风雨总牵肠。

其 四

湖城俏,流瑞朔方韶。玉液连波鸥鸟哢,物昌民富汇新潮。气势自雄豪。

朝晖沐,楼宇入云霄。曲径通幽花满院,笙歌香影月华消。春闹更妖娆。

其 五

从来事,慧眼识前标。回汉一心长挽手,千难万险众肩挑。逢嶂再登高。

情意劭,志士会如潮。热血同浇花月地,齐心竭力绘宏韬。盛景画中描。

行香子·公园之声

树暗蹊幽,水静鱼悠。起清风,气润枝柔。几多仙乐,不在琼楼。似马儿跑,雨儿落,鸟儿啾。

哪管人流,但展歌喉。倚栏听,京粹秦优①。虽非舞榭,一样情投。恰欢如春,烈如夏,泣如秋。

---

①京剧是国粹,秦腔是优秀剧种。此指在公园里所唱的戏剧和歌曲。

忆秦娥·闻动车追尾

"7·23"甬温线动车追尾,造成重大伤亡事故,新闻发言人曰乃雷电致系统故障使然,舆论哗然,感而发之。

千峰越,风驰电掣心欢悦。心欢悦,惊魂飞脱,阴阳两隔。

苍山绿水悲声烈,元凶道是雷公劣。雷公劣,人间奇祸,何来担责?

渔家傲

5月初,春光明媚,宁夏书画艺术发展促进会组织百人沙湖度假活动,众皆心旷神怡,竞相挥毫,诗以记之。

碧水蓝天飞艇剪,眼前景物春光染。心逐云涛千里绽。闻鸥啭,生机一派乾坤满。

山黛风轻移画卷,鱼游葭动成书翰。纤笔一支豪气漫。香飘远,传承魂脉抒宏愿。

玉楼春·春雪

春光顿失狂飞雪,四月又知风凛洌。新枝嫩叶裹棉纱,但见桃花无血色。

怜农最是依时节,谁令天公来爽约。云霞若要济苍生,细雨和阳情意切。

蝶恋花·六盘山红军长征纪念碑

　　风雨六盘千嶂暗,天降狂飙,横扫残云散。七十年前飞好汉,而今绝顶丰碑览。

　　回汉豪情何所愿,手秉乾坤,好把家园建。万里山川齐烂漫,黎民欢送春光艳。

亲情

祭父母

2011年是父亲诞辰一百周年、母亲诞辰九十周年,不胜思念,情何以堪,以诗祭之,聊释萦怀。

已届古稀何心伤,常忆父母泪丝长。
春晖不会怨寸草,五内岂能不思阳。
魂魄频频来入梦,醒后唯留夜茫茫。
每逢清明忙祭奠,烟飞灰灭更断肠。
一腔悲切无处说,但使心语达天堂。
父母一生皆穷困,时运不济命难强。
东贩木头西贩货,千里跋涉度饥荒。
为谋生计学皮匠,自己未穿好衣裳。
四处漂泊居无所,翻身解放分田房。
两间畜棚一驴腿,从此生根乃家乡。
子女幼小日子紧,未见家里有余粮。
晚年患病无医药,儿女无法留爹娘。
耗心沥血盼兴旺,苦尽甘来寿不昌。
世间不通阴阳路,天恩未报怎思量。

曾记鬌龄沉疴久，一汤一饭怀当床。
屡见三更油灯亮，一针一线密成行。
遵礼守法行敦厚，持家教子传方良。
不与邻里争长短，素有口碑德流芳。
忆及往日音容在，仿佛拽回旧时光。
人生虽然有苦难，总把父母作榜样。
冬去春来变化快，如今家富国也强。
生活自在精神爽，只盼个个寿且康。
五男二女尚聚首，子孙后代一大帮。
谨记教诲行端善，家风传承大发扬。
父母成仙儿得佑，天年之后永侍旁。

钗头凤·清明扫墓

东风暖,梨花绽,遍山飞絮冥钱旋。千行泪,伤心最,一樽还酹,满腔追悔。跪,跪,跪!

音容在,思难断,报恩常记端和善。时光锐,清则贵,只留肝胆,百年相会。遂,遂,遂!

清明祭坟

和阳催绿百花馨,每忆春晖五内焚。
不忘油灯伴天亮,久罹病瘼吾命存。
恩泽未报空垂泪,长夜难酬做侍魂。
缕缕青烟化蝶去,今夕宫阙会贤宾。

悼亡兄①

勤劳敦厚务农桑,为育儿孙苦断肠。
兄友弟恭家运旺,父慈子孝室氛香。
悲声动地掀村落,哽语撼天惊玉皇。
泉路幽幽无气恼,终从意愿伴爹娘。

---

①兄于2012年1月30日病故,享年74岁。兄生前辛劳一生,刚直好强,患胃癌术后存活4年余,哀而祭之。

贺女儿新婚

凤城春晓百花发,儿女欢情放四涯。
曾痛寒冬无暖日,今怜好雨润新葩。
心中但有容天量,眼里常存落地霞。
过隙人生称意少,唯期缘会胜千家。

偶 得

其 一

春雨开新境,夏风拂暖心。
秋霜明月照,冬雪劲松屯。
意遂天年乐,情温后代仁。
但知其味厚,坦荡在人群。

其 二

昨夜雷惊梦,今朝雨满园。
不知花果少,却问子孙安。
千里原无事,一心何起澜。
人皆怜幼小,耄耋更贪婪。

思 念

少壮多豪气,暮年怜稚孙。
驰思佳节远,入梦长夜勤。
雨骤惊心魄,风狂失胆魂。
一机常在手,昵语送温馨。

夜 梦

敲窗夜雨梦频摧,惊散儿孙膝下飞。
浑似髫龄同伴戏,娘声呼唤愀然归。

中秋情

佳节驰思远,亲人在海边。
清风传我意,急雨盼他言。
月满长天易,家圆一世难。
会当明镜照,惟愿寄平安。

相见欢·团聚

其 一

中秋月挂天边,展和颜,看遍人家欢乐庆团圆。

儿孙到,满屋笑,恨时悭。唯有痴言娇语暖心田。

其 二

秋风意在花黄,送芬芳,金色更添瓜果溢清香。

寒流降,防微恙,总牵肠。先代护犊何以费思量。

附：

忆父母

父亲邓生会，生于农历1911年1月19日，逝于农历1981年5月16日。母亲张凤兰，生于农历1921年11月11日，逝于农历1994年12月22日。

父亲出生于银川市原郊区芦花乡三闸村（现为银川市西夏区镇北堡镇三闸村）。兄弟6人，父亲最小，有两个姐姐，是个大家族。因家里人多，生活艰难，加之国民党抓兵，父亲只好出逃，四处躲藏。后落脚永宁县李俊镇石渠村，入赘母亲娘家，26岁时与母亲成亲。父亲的5个兄长，除五哥终身未娶外，其兄长及子女都在三闸村，只有父亲和子女在百里之外的石渠村安家扎根。那时交通困难，来往不便，音讯阻隔。

母亲张凤兰，出生时外祖父是个大户。母亲姊妹三人，母亲最小，两个姐姐都嫁入当时的大户人家。外祖母在母亲成亲前即已去世，母亲的二姐出嫁后不久也不幸病故。少年失怙，所以母亲与大姐感情笃厚，终生相依相扶，并惠及后代。母亲姐妹视对方的子女为至亲予以关爱，亲情甚浓。在长辈的影响下，我们表兄弟姊妹的关系一直很好。母亲16岁与父亲成亲，与入赘的父亲寄居在娘家门上，两个缺少根基和依靠的人开始了独立而艰难的生活。

父母共生育了九个子女，成活了七个，五男二女。解放前，父母无地无房，没有从事农业生产的基本条件，为了抚养子女，想方设法谋生。父亲那时已跟人学了皮匠，做百家衣，吃百家饭。这是个既有劳动强度又有技术含量的工作，在农村属于匠人。夏天要熟皮，即用腐蚀性很强的硝在一定浓度下把羊皮浸泡一段时间，晒干后用力铲去一层硬皮，使羊皮变得柔软，羊毛变得洁白好看。冬天农闲时，父亲再到熟了皮的人家缝制皮衣。为了赶工，日以继夜，晚上在油灯下熬至三更。父亲为人宽厚，做工细密，手艺好，方圆几十里的人都找他做，因而很忙碌。除了在家乡做外，父亲还与别人一起到银川等地去做。到上世纪60年代，父亲年纪大了，母亲又患病，便将这一技术传授给长子，并给已成年的长子和次子各缝制了一件二毛皮的短卡衣作为留念，就歇手不干了。铲皮时硝尘很大，那时又无口罩防护，直接吸入肺部，使肺受到严重伤害，加之伴着油灯熬夜，父亲晚年患有肺结核和白内障。肺结核久治不愈，医院不能实施白内障手术，导致失明，生活不能自理，虽有母亲照顾，也多有不便，可能还得了糖尿病，因此口干、便秘，但我们不懂，反而不断给他买糕点、水果吃，不幸突然逝于心梗或是脑梗，享年71岁。父亲去世时子女多数不在身边，而且没有临终告别，令我们多年来十分痛憾。

为了生计，父亲还做过零星的小商贩，以补无米之炊。父亲的二哥常年在贺兰山伐木，父亲约人用驴从山里把檩条和

橡子驮下山卖掉,再把灵武的渣子和盐池的盐驮到山里去卖。还到甘肃买来辣面子,托人在当地和东山(灵武、盐池的山区)卖,所以父亲对东山熟悉。"低标准"时,为了活命,父亲骑自行车到东山用衣服换粮食,除父亲浮肿外,家里其他人都无大碍。父亲为了子女宁可牺牲自己。母亲的娘家原本殷实,解放前几年破产了,兴旺时种过鸦片,父母亲因而在家里卖过一段少量的鸦片成品,像韭菜叶子般宽,一二公分长,庄上有的人用钱买或用粮食换。但父母亲的自制力很强,一直没有吸过鸦片。父亲一直吸旱烟,把烟叶捣碎,装在约一尺左右长的烟锅里吸,或用纸卷成烟卷吸,后来直接用柔软的烟叶卷成雪茄吸。父亲喜欢那种生硬而强烈的刺激味道。母亲中年时吸过水烟,用一个装有水的烟锅吸,老年吸香烟。子女们知道父母的喜好,时常买来供应他们。父亲喜欢打猎,家里有一支土枪,闲时到贺兰山打黄羊。父亲最爱吃的是羊头,煮熟后用小刀一块一块削着吃,津津有味,特别是羊脑,把羊的头盖骨打开,在羊脑上撒上盐,趁热吃,那是美味佳肴,我们尚是儿童时站在旁边也分享一点,那情景至今历历在目。解放前夕,父亲还被国民党抓过兵,为了不被验上,有意把自己的牙打掉。幸好解放军已到宁夏,国民党兵败溃散,父亲就跑回了家。后来父亲包了一嘴假牙,每天把牙拿下来冲洗,这成为我们记忆深刻的一件事。

1949年9月家乡解放,1950年土改时家里被定为贫农,分得地主的两间畜棚、一条驴腿(四家分到一头驴)和几亩耕地,从此,家里有了住房和土地,才成为完整意义上的农民,并定居下来。后来,父亲挑头与外祖父几家亲属成立了互组组,再到初级社、高级社、人民公社,家里的生活越来越好,五十年代在两间畜棚的原地翻盖成四间平房,六十年代又以外祖父的打麦场为基地重新盖了六间平房。屋里的大家具——装粮食的一个大柜、盛面粉的两个木箱、放被子的炕柜等,都是从地主家分来的,再没有添置新的家具。父亲在家里给别人做皮活的边角料,我们帮着把上面的羊毛剪下来,攒多了就擀成毡,所以家里炕上有毡铺,是一般家庭比不上的。父亲还把新毡送给已结婚的子女用,算是贵重礼物。五十年代末,父亲还买了一辆二手自行车,在村里是比较早的,长子和次子就是那时学会骑自行车的。

父亲因四处奔波和做皮活儿,在农田干活儿少一些,公社化后多年给生产队种菜和种瓜,由于精心操持劳作,瓜菜丰盈,甚为村里人所称道。同时在自己家的自留地里种菜,中午回家时,父亲顺便从自留地里带点菜回来,特别是刚出土的大蒜和笋子,新鲜脆嫩的口感终身难忘。父亲心慈手善,乐观敦厚,从不招惹人,与谁都能相处,即便是村里难缠的人父亲也处得来。我们兄弟姊妹都没有挨过父亲的打。父亲的孝悌观念很重。记得父亲曾几次步行百里回老家看望其年迈的母亲。上世纪六七十年代,还两次把已高龄的五哥接到家里住一段时间,那种殷殷亲情我们记忆犹新,也为我们树立了榜样。父亲有两个表兄(其中一个是结拜的),一直兄慈弟恭,

常相来往,和气相处,一个还与之结为儿女姻亲。1949年,可能是母亲去世的二姐的婆家有人当了国民党的保长的缘故,加之父亲人缘好,让父亲当了几个月的甲长（都在一个乡里）,由于父亲没做过损害别人的事,只是跑跑腿而已,解放后在阶级斗争的年代里,村里人也不把这事视为父亲的问题。父亲有个爱好,喜欢听书,肚子里有许多故事。那时每到过年才能吃上饺子,一家人围坐在炕上,在母亲的指导下,我们各显其能包饺子,只有父亲不包,坐在旁边说故事,我们听得很入迷,一家人有说有笑,其乐融融。所以听父亲讲故事,也是我们盼望过年的一个原因。至今我们还记得一些父亲那时讲的故事,如薛仁贵征东、寒窑等,都是民间传说,十分有趣。

母亲聪颖端庄、贤惠善良、勤劳正直,一生相夫教子,操劳家务。母亲除了在自留地里干活儿外,主要是照顾子女、做饭和缝补衣服。父母亲和子女穿的衣服和鞋袜都是母亲一针一线做出来的。解放前后,家里晚上用油性松枝插在墙缝点燃照明,屋里墙上和房顶都熏得黑黑的。后来用香油灯照明。睡觉前和天亮前,我们经常看到母亲在灯前缝补衣服。白天母亲有空或与人闲聊时,手里总是在不停地纳鞋底子。母亲手上戴的用来做衣服的顶针几十年不离手,坏了一个换一个。一针一线总关情,含辛茹苦入儿心。母亲的人缘很好,敬老爱幼,乐于助人,几十年住在娘家门前,没有是非,没有闲话,庄上的人都很敬重她,口碑甚好,而且有一帮邻里姊妹常来常往,互相帮扶。家里只要有了好吃的,母亲必定让我们去把外祖父请来一起吃,有时还把外祖父有病的养子也请来吃,因而我们对祖父母记忆很少,对外祖父母记忆很深。由于中国传统的宗法观念,婆媳关系不和是普遍现象,而母亲与五个儿媳多年和睦相处,没有发生过大的争执,就是因为母亲识大体,和善大度,不计小事,母亲的品格、胸怀赢得了儿媳妇的尊敬。母亲的继母生了两男三女,母亲对其像同母兄弟姊妹一样相待,情同手足。"文化大革命"中,村里几个持反面观点的人要把母亲的异母大弟拉去殴打批斗,母亲勇气十足,拼命拉住大弟不放,以至急火攻心,晕厥过去,那些人才作罢。母亲对堂叔婶和堂属兄弟姊妹也关爱有加,情深谊长,他们把母亲视作可以信任和依赖的人,有事常找母亲,从未与母亲发生过龃龉之事。母亲的厨艺很好,做的饭菜很可口。父亲有时在我们面前夸母亲的手艺,说他到山里拉货时同去的人都夸母亲蒸的馒头好吃。小时候母亲做的饭菜就是珍馐,现在生活好了,但忘不了并向往母亲粗茶淡饭的味道,特别是夏天的菜包子、冬天的红烧肉,再吃到那种美味已成为我们的奢求,任何人也做不到了。实际上,那是特定时期母亲留给我们的情结,已与母亲浑然一体,思念之深,是无法取代的。

1959年到1961年三年经济困难时期,人们都在所谓不要钱的公共食堂吃大锅饭,由于浮夸风和粮食减产,食堂无粮可吃,只好把稻草粉粹后经发酵做成所谓的人造蛋白用来充

饥,人们普遍挨饿、浮肿,有的死亡。母亲由于人品和人缘好,一度被生产队安排到食堂掌瓢,这是当时最实惠的权利。到吃饭时,各家的人端着锅盆到食堂排队打饭,母亲自然很公正地按照每家人口多少把大锅的稀饭舀到各家的锅盆里。我们家得到的份额当然与别人一样,但母亲可以从锅底给我们家舀到稍微稠一些的。就这一点差别,使我们家得益匪浅,除父亲有点浮肿外,其他人都平安度过了那个可怕的饥荒时期。在我们的记忆里,这是母亲唯一的一次以"权"谋私,而我们得到的是伟大的母爱。

共产党给了父母亲新的生活,父母亲对共产党感恩戴德,积极拥护党的主张。"文化大革命"中背诵毛主席语录成为时尚,母亲一字不识,但能背很多条毛主席语录,与我们说话时不时引用一条语录,还很准确,惹得我们大笑,她却一本正经。我们既惊诧于母亲的认真和记忆力,又为母亲对共产党、毛主席的深厚感情所感动。母亲还喜欢听广播,特别是评书和戏剧节目,听后还能把大意讲出来。

母亲生育过多,加之生活条件不好,身体受到严重摧残。母亲生孩子都在农村家里,村里的接生婆用土办法操作。母亲每生一个孩子晕厥一次,接生婆让母亲半坐着,一人抓住母亲的头发向上提,一人口含冷水反复在母亲脸上喷,以便让母亲清醒过来,真可谓九死一生。1959年母亲生最后一个孩子时,由于大出血造成休克,急忙找来赤脚医生,纠正了接生婆的错误做法,让母亲平躺在炕上,打了止血针,经过抢救保住了母亲的生命。我们都吓坏了,哭声一片。当时正值三年经济困难饥饿严重时期,母亲身体羸弱,缺乏奶水,担心养不活新生儿,有一个公社的书记想领养个男孩,父母想送,但外祖父认为这个孩子来得不易,几乎要了母亲的命,坚决不同意送人,硬是让留了下来,才没有成为父母和我们兄弟姊妹的一大遗憾。到1962年,母亲因流产得了重病,在李俊公社的医院里住了几个月,又转到银川,住在侄女家里,到医院继续治疗,但母亲的身体一直没有彻底康复过来,气血虚弱,怕冷怕凉,经常感冒。儿女们都成家立业了,母亲只身一人,便随意在儿女家里生活,并帮助照顾家和做饭。尽管儿女们孝顺,但母亲也不自在,心里孤寂。1991年春季,母亲因咳嗽在自治区人民医院拍胸片,医生诊断为肺部线癌,存活期半年左右(母亲3年后才去世,诊断有误),我们十分痛心。母亲一生没有出过宁夏,我们想让母亲出去旅游,开开心。当年国庆节放长假,次子利用在中央党校学习的机会让母亲到北京游览了天安门、毛主席纪念堂、全国人民代表大会会堂、颐和园、雍和宫、动物园等。母亲去北京时坐火车,回银川时坐飞机(当时只有进口苏联的伊-24小飞机,颠簸得厉害)。这次旅游母亲很开心,也很自豪,因为这是当时村里其他老人不可能有的经历。当年冬天,母亲70岁生日时,在家里给母亲过了七十大寿。在母亲大弟的主持下,20多个子孙和至亲为母亲祝寿,寿宴简朴而热闹。这是母亲一生唯一过的一次生日,母亲甚是开心。1994年冬季,母亲因感冒肺心病加重,在自治区医院住院治疗了一个多月,好转后出院又重感冒,病情急剧恶化,在医院病危,无奈送回家,虽全力救治,终因心力衰竭仙逝,

享年73岁。母亲去世前的十几天,儿女们都一直在身边侍候,至亲也来看望,弥留时对儿女们作了嘱托,平静地离去了。母亲去世十周年时,子女们又按照农村的习俗,请阴阳鼓手念了几天经,以表达对父母的思念。2005年又将父母亲的坟修葺一新,用瓷砖装饰了外表。

  今年是父亲诞辰一百周年、母亲诞辰九十周年,我们格外思念父母。父亲离开我们30年了,母亲离开我们17年了,但父母的音容笑貌,仍然历历在目;父母的所作所为,永远镌刻在心上。有时梦里相会,但只见其人,不闻其声,醒后心里难受。每年清明上坟、鬼节烧纸,成了我们祭奠父母、寄托哀思的唯一方式。让我们深以为憾的是,如果父母的病早点治疗和精心护理,是可以更加高寿的,可以更多地享受改革开放后社会进步的成果和子女的孝心,但限于当时的社会环境和子女的条件,没有做到,成了我们心中永远的痛。谁言寸草心,报得三春晖。父母是平凡的,是芸芸众生中的一个;但父母又是不平凡的,他们顺应历史潮流走完了自己所追求的富有光彩的人生,把一个勤劳、善良、正直、宽厚的形象永远留在了子孙后代的心中。父母没有给我们留下什么物质财富,但他们身上所体现的传统美德和高尚的精神品格而形成的家风,是留给我们的宝贵而丰厚的财产。父母不仅是我们的榜样,而且在父母的教诲下,子女们立身处世也颇有家风,各有所成,是村上的翘楚者,在社会上也有一定影响。子女辈只有一人上过大学,而孙子辈已有十几个人上大学了,一辈比一辈强,家族越来越兴旺,父母可以含笑九泉了!

吟和

读马启智诗集有感

自治区原主席马启智相继出版诗集《大地行吟》和《大地歌吟》,读后甚有感触。

其 一

大地飞歌岁月遒,诗人慷慨度春秋。
风云万里边关道,心血千筹塞外猷。
弹泪只因怜苦痛,放声岂为解忧愁。
湖城水秀盘山绿,一路烟霞靓九州。

其 二

山青竹翠是家乡,泾渭分明绿水芳①。
塞外风云知冷暖,江南景色溢馨香。
常期细雨肥桑梓,更教和弦绕玉梁。
华盖不怜闲处所,且留纤笔绘苏杭。

---

①诗人的家乡在宁夏泾源县。泾源县山青水秀,是泾河的发源地。

读项宗西诗集《春色秋光》有感

西湖碧水朔方尘,炼作英华味益醇。
心系东西风雨路,情牵南北故乡云①。
高山放眼峰峦涌,大地讴歌草木欣。
匠手殷勤巧遣布,寻常物事入诗魂。

---

①诗人出生在浙江,20世纪60年代作为知识青年"上山下乡"落户宁夏,在宁夏生活了近50年,宁夏系其第二故乡,可谓风雨人生路,情钟两故乡。

读《塞苑流韵》赠剑虹兄

青春气盛胆如虹,傲视群雄效子龙①。
仗剑风云边塞路,动情诗赋杏坛鸿。
与君半世神交久,读此千章会意浓。
往事悠悠归去后,唯留卷帙认同宗②。

附刘剑虹和诗

原玉酬和邓万先生甲午新春赠诗

正气藏胸势贯虹,播云布雨效腾龙。
曾修边塞小康路,又育凌霄领首鸿。
半世神交君绩显,千章意切我情浓。
倚天长剑今犹在,愿济苍生报祖宗。

---

① "文化大革命"时,刘剑虹为在校大学生,独自将自治区领导干部江云藏于家中保护,有赵子龙风骨。
② 刘剑虹为宁夏诗词学会副会长,与笔者互为诗友。

读《青坪诗草》感赋①

知音足以慰平生,一片诗魂泪炼成。
北国青松霜雪志,南方红豆晚霞情。
秋风落叶何来急,兰室和琴竟未宁。
付梓且当合欢树,他年对咏自相倾。

---

① 青坪是孟超先生的字,安徽人,著名诗人,与寒塘女士(熊品莲)晚年结为连理后,诗词唱和,感情甚笃,不幸骤然撒手西归。生前欲与寒塘合出诗集《双情集》,未能如愿。寒塘女士将孟超先生的遗稿和自己近几年的诗作合为《青坪诗草》出版,以酬心愿,寄托哀思。诗作情感充溢,十分感人。谨以此诗向八十高龄的寒塘女士致敬。

读闫云霞女士诗集《沙坡头咏怀》有感①

生于斯地感何多,大漠黄河梦里泊。
金岸幽幽寻妙稚,沙坡烈烈问蹉跎。
诗词曲赋同如泣,手眼心胸若有魔。
倩影难离桑梓地,声声气韵浪推波。

①闫云霞为宁夏诗词学会副会长、西夏散曲社社长。

端午情

癸巳端午前夕，董家林先生邀耄耋诗友相聚仙鹤楼，八稚女士熊品莲赋诗《端午雅聚》，举座喝彩，感而应之。

每逢端午粽飘香，华夏家家忆古殇。
屈子千年同日月，离骚万户教儿郎。
九天追索中华梦，八地恢宏世纪窗。
白发银须本仙客，举杯共贺寿而康。

依韵和王晓农先生

晓风初月又春深①,柳绿桃红献热忱。
时令到来同灿烂,风霜过后自清新。
相逢乃是圆一梦,聚散何关出五伦。
但有心情观胜景,缘分助寿再三旬。

附王晓农原诗

敬谢邓公

晓风初月励勉深,笔端遒劲挚情忱。
知人善任事和顺,上下通达政履新。
有缘同舟曾劈浪,无隙共乐享天伦。
福从仁德遂宏愿,寿在乐观拜七旬。

---

①晓风初月,是笔者奉赠王晓农先生的书法条幅。笔者在宁夏日报社任总编辑时,王晓农任副总编辑。

赠崔正陵先生[①]

春雨春风恋百花,秋霜秋月送千茬。
一生从教栽桃李,半世为诗织锦匣。
平仄人生开眼界,崎岖世道炼英华。
观今鉴古怀丘壑,存正虚清悦晚霞。

附崔正陵诗

读《履痕韵语》有寄

一路行来一路诗,山川人物各呈姿。
缘情每得其中乐,汩汩心泉不自持。

---

①崔正陵先生是宁夏诗词学会副会长,曾出版诗集《平仄人生》。

恭读邓万先生《履痕韵语》[1]

驴腿一条动地来,踩得千紫万红开。
金声玉振唯勤奋,云锦天章自剪裁。
纵览诗书能品目,识得风韵壮情怀。
履痕吟罢心潮动,韵语功夫在首排。

---

[1] 这首七律是宁夏诗词学会秘书长、中华诗词学会会员李宁善先生所作,《夏风》2011年第2期发表,《中华诗词》2011年第11期转载。

赠任登全兄[①]

初识仁君赖采风,相知便是有诗名。
心思细密婵娟意,气势雄威壮士情。
血热肝廉谱桑梓,刀轻拳重驱毒藤。
诗林又见修行者,一样天空两样星。

[①]任登全先生是中华诗词学会会员、宁夏诗词学会常务理事、平罗县诗词学会会长,在诗词创作和研究方面颇有成绩。

古风

黄河金岸

千古黄河华夏龙,孕育神州绝世功。
万壑拧成一线水,流经九域气吞虹。
挟风带雨冲天浪,御岭盘峰坐半空。
雷霆万钧排山力,助苗扶林情意浓。
乱世狂泄因天谴,而今服从为地雄。
枉担罪责非百害,泽惠膏腴是初衷。

君请看——
天水中卫落平川,缓步款行始悠闲。
千里殷情洒琼液,万顷平畴鱼米鲜。
晓风初月杨柳岸,碧水晚霞游人船。
东边煤田大如海,烯烃播名环宇传。
西侧兰山立云外,遮风运雨挡严寒。
誉满四海葡萄酒,荒漠变成新果园。
牛羊远销阿拉伯,枸杞甘草药中仙。
回乡风情明月照,塞上水韵暮鸥旋。
无边大漠雄奇路,九曲黄河艳丽川。

风吹绿浪千里秀,雪压冰河万丈渊。
沙坡头蛩声四海,羊皮筏载客千年。
黄河坛雄姿伟岸,黄河楼拔地撑天。
黄河桥天堑对接,高速路云崖飞穿。
黄河母亲千古爱,黄河善谷甜水泉。
片片红霞染农舍,缕缕青烟传信牍。
琼楼玉阁围绿水,画舫新荷映平湖。
连袂新区张画册,滨河大道串玑珠。
三年不识新区域,五载难觅旧地图。
四极揽才多俊彦,八方延物汇藩辐。

皇皇兮——

万载长河不知息,华夏儿女血脉长。
黄河铸就中华魂,华夏儿女共图强。
黄河农耕富一套,西套金岸显辉煌。
金岸吹响冲锋号,回汉儿女志气昂。
欣喜天庭倾玉壶,殷勤黎庶绘苏杭。
黄河凭浪前程远,金岸有灵后路芳。
曾期粮丰牛羊壮,今已玉食福寿康。
曾期旧屋迁新居,今已新村代旧庄。
曾期出行歇脚步,今已坐驾遍城乡。
幸逢盛世精神爽,儿把亲娘扮娇娘。

展眼望——

前路飞鸿牵眼线,白云深处景最佳。
天水可渡中华梦,水乳情深爱吾家。
年种年收丰衣食,穿金戴银扮娇娃。
笑语欢歌时时浪,花团锦簇处处霞。
梦绮不怨五更晚,梦圆应争一时先。
打造全凭意中意,复兴须过山外山。
灵台不辍金色路,脚下有尺可丈天。
待到春深百花艳,且看金岸是花仙。

赋

力成赋

浙江温州人陈庆成,商海搏浪三十载,破蛹化蝶,扶摇直上,独掌宁夏力成电气集团公司,荣登行业峰巅,纵览民企风光也。

东南兴浪兮,塞上起风云;中华有梦兮,儿女共担当。当年温州小商品,撬动华夏大市场。一时豪杰蜂拥,旌旗林立,春风送暖,生机勃发;而后惊涛拍岸,雾锁云障,关隘千重,前路辉煌。此创业之良机,乃力成之星光也!

嗟夫,跬步积千里,垒土起九台。时至八十年代,革故鼎新,春风剑气,群雄并起,沧海沉浮,流泪不言愁,方为英雄豪杰;怀揣三百元钱,气冲牛斗,踏浪西北,凄风苦雨,铁马冰河,殷情献至诚,造就商道胸怀。绳断木,水穿石,恒心铺就销售路;诚则信,德不孤,亮节招来筑基财。

"功崇惟志,业广惟勤。"励志建功,必攻坚克难;辛勤创业,定劳肌苦心。上世纪末,新世纪初,西部开发国运宏猷,千军竞发,万马齐奔。机遇在于明势,智慧出乎仁心。人不在穷,有志竟成;地不在贫,有用则闻。宁夏虽小,乃天府之地,回汉同心,其利断金;西部虽荒,但开发整装,来日热土,捷足先临。建东亚电器销售公司,打开一片天地;创东亚电器成套厂,占领一方时空;组力成电器集团,成为行业殊勋。三步走,三级跳,青春燃尽壮怀抱,血汗书写塞上魂。十二载,天命年,风生水起踏浪来,鹏翅鸿泥集团痕。风云际会添智胆,乾坤运转顺时轮。

噫吁兮,郁郁乎,半壁桂冠辉煌路,五百员工生力军。则有方圆,情若芝兰,天地无边,仁德有缘。延揽八方英才,使用一流设备,培养敬业团队,打造信誉名牌。同心协力,共享成功;至诚至远,乘波愈澜。一人登楼兮纵目黄河飘白练,众士临巅兮畅怀兰山涌翠烟。

悠悠哉,煌煌也!工业时代,电力先行,四海连通,恢宏电网。输电设备,犹如鸥翼,万里鹏程,九天翱翔。小若发丝,大同丘峦,工精细节,情注八荒。一片丹心谁知晓,笑看光明染苍茫;一腔热血何处洒,中华梦里添华芳。

呜呼!回首创业路,难忘艰难时;遥望云锦处,霞光在眼前。追踪科技前沿,立标五岭之巅,当下以销定产,五亿只是开端,穿越雾霭山岚,实现销量翻番。

观夫旖旎之梦,全民振奋,输电设备,配套同行。和阳春风,我辈有幸,怀德存志,图新励精。黄河之势似腾龙,天山之神傲雪松,祁连之魂入太空,六盘之旗格外红。天地之气皆助我,挥手摇旌绘彩虹。东南西北四海内,五岳之巅看力成。

楹联

楹 联

春华秋实心欲醉
夜景朝晖意兴浓

情系黄河水
意骄宁夏川
　　　——题青铜峡市小康村

天遣黄河绘平罗
地生碧水疏翰海
　　　——题平罗县翰泉海

富满秦川八百里
情殷地下五千年

但知古今远
勿忘天地宽

立身唯淳厚
交友赖率真

松龄岁月稠
鹤寿家国暖
　　——以上四联为姻亲李新丰作

万众齐颂千载盛
阖家共沐四时春
　　——为姻亲好友、政协干部柳建荣作

勤将慧眼观世界
惯用诚心绣乾坤
　　——为姻亲好友、砖场经理韩新法作

国运昌明家运来
日光炫耀月光采
　　——为姻亲好友、家运复兴的吝金珠作

半世纪风云一腔情愫回乡思展翅
六十年心血千载圣贤墨海孕飞鸿
　　——为李景杭书法展作

铁笔丹心承道义

柔肠侠骨度春秋

  ——为自治区老新闻工作者协会成立
  二十周年作

不期百花香芬盛

何慕千树硕果鲜

  ——赠老领导

学贯先秦是夫子

德崇九畹为世贤

  ——贺尊师李增林先生八十诞辰

二〇一三年春节对联

新年又到东风劲
旧习当除世事兴
横联　喜沐新风

大地回春千山秀
高天归雁万水欢
横联　风物含情

百花逢春艳
一门迎客谦
横联　陋室怡情

阳春三月暖
百姓阖家安
横联　家和气定

苑林拥秀色
兰室溢华芳
横联　玉宇清馨

春夏秋冬天行健
梅兰竹菊地运常
横联　贵在当下

二〇一四年春节对联

塞上情韵

举国欢腾甲午年
全家喜度团圆日
横联　家国一体

国运昌泰民生好
人情裕和世道清
横联　马年瑞吉

陆林添锦绣
山水育韶华
横联　大地逢春

岁月千秋事
人生七秩春
横联　本命年华

新年万象新

好事千般好

横联　日暖花红

征 联

出句　寒食轻烟散五侯
对句　秋分急雨淹三江

出句　看大漠孤烟长河落日
对句　听凄风苦雨静夜吹箫

出句　白水泉边女子好少女更妙
对句　石山岩上林木森雨林常霖

出句　才子饮两杯身似风吹杨柳
对句　佳人吟三首影如树落凤凰

出句　山涧小溪娟娟细流潺潺有声无以难成河
对句　水边垂柳郁郁青翠袅袅飞舞傍堤易为景

出句　山谷是峪,三峪乡有三峪,峪峪都是大山谷
对句　土坊为坊,四坊镇无四坊,坊坊竟为空土方

出句　黄河流韵,金岸流光,一幅丹青展朔方,谁之妙笔
对句　大漠咏情,兰山咏画,满腔热血为桑梓,我辈豪言

出句　黄河天上来,滔滔滚滚,纵塞北豪情,玉带萦回中国梦
对句　绿水地中汇,密密麻麻,经高原险谷,银丝遍布赤县图

出句　宁夏沐春风,满园秀色原非画
对句　朔方经雨露,一抹霞光便是诗

出句　古银川,古香古色古文化,居于塞北实非塞北
对句　新宁夏,新韵新风新景观,不在江南真似江南

出句　日夜欢歌,千里金涛拍两岸
对句　今宵笑语,万人气浪冲三江

出句　草树无参差
对句　山河有界限

出句　轻烟澹柳色
对句　重雾遮云情

出句　轻云纫远轴
对句　大雨生急浪

出句　名园绿水环修竹
对句　古树红梅立峭壁

出句　杏花初落疏疏雨
对句　桃树始临瑟瑟风

出句　院小有竹春常在
对句　林深环水夏不来

出句　世界杯美女球迷飞吻扭腰百媚生
对句　金鸡奖名伶粉丝亮相挥手全轰动

出句　教授清风闲暇之时
对句　医生暴雨急迫那日

出句　浓云遗凉，周山披绿，雏燕翻飞琼楼上
对句　大雪骤冷，四野抹白，老人静卧陋室中

出句　萦香缭白，大漠著雄姿，曾吟铁马秋风塞北
对句　蕴绿含紫，中原书远景，古演金戈血雨王朝

出句　渭水洮河白龙江，江河水美
对句　银川塞北古雁岭，岭北川平

出句　中秋赏月月逢阴,云薄月朦胧
对句　三夏登山山覆雪,石滑山峻峭

出句　平分八月是中秋
对句　待到三更方半夜

后　记

　　《塞上情韵》是我的第二本诗词集。由于是完全退休后的作品，所以除古风外，严格遵照格律诗(近体诗)的要求。我赞同格律诗要"求正容变"，让形式更好地为内容服务，更好地为现代社会生活服务，更好地抒情达意。因而，本诗词集中，大部分用今(普通话)韵，少部分用平水韵，但不混用，依创作要求而定。

　　我从不懂格律到熟练运用格律，从对诗词偶尔为之到情有所衷，从初上便道到渐入幽径，深感格律诗词是一种高雅的文学艺术。要写好一首诗，必须在立意、构思、布局、修辞、择韵、炼句、炼字等方面，克服道道难关。有了闲暇时间，在创作诗词的过程中，可以继续关注社会、抒发情感、学习文学知识、提高思想修养、表现人间喜怒哀乐、传达生活哲理、寄托精神追求，其中的苦涩和愉悦融合为一种难以言表的享受，同时成为创作的冲动和动力。

　　《塞上情韵》是《履痕韵语》的续集，是我诗词创作攀登的又一个台阶。《履痕韵语》由学识渊博、德高望重的李增林教授作序，不仅使诗集大为增色，而且使我得到教益和激励，加快了创作的步伐。《塞上情韵》又由年届八稚的恩师作序,弟子感激涕零。对恩师的教诲和鞭挞,弟子唯以更多更好的诗词作品来报答。

楹联部分,前面的是因人因事而作,皆有针对性;后面的征联,出句均来自葛昌萍女士。葛昌萍女士原是宁夏日报报业集团计财处处长,现为宁夏广播电视台计财处处长。她喜爱楹联,知我创作诗词,便邀我对句,我也乐于习作。对对子自古以来就成为文人之间乃至普通百姓中试才斗智的一种主要方式,成为我国传统文化的重要部分和独特的文学艺术,留下了许许多多的名联和趣闻轶事。我拟的对句虽然尚欠工稳和巧妙,但初次涉猎,深获其中乐趣,自然惬意。在此,对葛昌萍女士致以衷心的感谢!

诗集的付梓,得到了自治区党委宣传部和黄河出版传媒集团领导的关心和支持,谨表谢忱!